MAGO MENOR

GRANTRAVESÍA

T. KINGFISHER

MAGO MENOR

Traducción de Mercedes Guhl

GRANTRAVESÍA

Mago menor

Título original: *Minor Mage*

© 2019, T. Kingfisher

Traducción: Mercedes Guhl

Diseño de portada: © 2019, Ursula Vernon

D.R. © 2024, Editorial Océano de México, S.A. de C.V.
Guillermo Barroso 17-5, Col. Industrial Las Armas
Tlalnepantla de Baz, 54080, Estado de México
www.oceano.mx
www.grantravesia.com

Primera edición: 2024

ISBN: 978-607-557-875-0

IMPRESO EN MÉXICO / *PRINTED IN MEXICO*

Para nuestros correosos y despellejados amigos, los armadillos.

ÍNDICE

1

Oliver era un insignificante mago menor. Su animal familiar se lo recordaba varias veces al día.

Únicamente conocía tres hechizos, y uno de ellos sólo servía para controlar su alergia a la caspa de armadillo. Sus intentos por invocar espíritus elementales resultaban en sangrado por la nariz y había pocas cosas más penosas que el hecho de que los espíritus dejaran el círculo para que le pasaran un pañuelo, le dieran unas palmaditas tranquilizadoras y luego desaparecieran en una nube de magia. El armadillo prácticamente se había hecho pipí de la risa.

Era un insignificante mago menor.

Por desgracia, era la única opción que tenían.

Estaban todos en las afueras de la aldea: el niño, el armadillo y el gentío. Nadie se movía. Si un artista hubiera pintado un cuadro con esa escena, probablemente lo habría titulado "Muchedumbre inmóvil con armadillo", o tal vez "Turba inquieta, interrumpida".

Oliver observó a la multitud. Hasta hacía cosa de una hora, todas esas personas habían sido sus amigos o vecinos.

Ahora eran semidesconocidos que hacían lo posible por mostrarse serios y tristes, aunque más bien se veían asustados y un poco vacilantes. Era mala cosa ver esos sentimientos en las caras de tantos adultos.

—Anda, ponte en marcha —dijo Harold, el molinero—. Mientras más pronto emprendas el camino, más rápido vendrá la lluvia.

Hizo un ademán para que se alejara, como si Oliver fuera un pollo que se hubiera metido a deambular por su patio.

Harold, el molinero, no era un hombre apuesto, y menos aun cuando se veía tan colorado por una mezcla de ira y vergüenza, así que Oliver se dio media vuelta para mirar hacia el camino.

Era una franja de tierra recocida del color de los huesos. Serpenteaba por entre los campos arados en un primer trecho, a la par que los canales de riego que se veían llenos de ortigas, para luego desaparecer a lo lejos, por encima de una colina y más allá. Lejos, muy lejos, la masa de la Sierra de la Lluvia se veía como una mancha azul oscura contra el cielo.

Oliver conocía las granjas por las que pasaba el camino, al menos hasta llegar a la colina. A partir de ahí, lo que había era campos en barbecho, y más allá… nada.

Bueno, seguramente había *algo*, pero nadie iba por esos rumbos. No es que estuviera prohibido ni que fuera peligroso, sino que no existía razón para hacerlo. No había nada que valiera la pena visitar.

La multitud de aldeanos se movía, nerviosa. Alguien entre los que estaban más atrás murmuró algo, y los demás lo hicieron callar de inmediato.

Suele suceder que un grupo de gente resulta ser menos que la suma de sus partes. Pocas personas en esa multitud habrían considerado seriamente poner a un niño —por más que ese niño también fuera un mago— en la situación de tener que emprender un viaje para llevarles la lluvia. Pero una vez que todos se reunieron, la conversación por alguna razón se había ido convirtiendo en discusión, cada vez más acalorada y seria, y lo que había parecido una simple idea pasó a ser una orden, y, de pronto, un grupo de personas que no llegaba a ser muchedumbre, pero no era tampoco una reunión amistosa de vecinos, había llegado a la puerta de la casa de Oliver. Y él había temido que el molinero lo sacara a rastras de la casa, tomándolo por el cuello de la camisa.

Eso era algo que nunca antes le había preocupado a Oliver, y no le gustaba para nada.

Lo peor de todo era que él, *de cualquier forma*, había estado planeando ponerse en camino.

No era necesario ser un mago para saber que los cultivos necesitaban lluvia. Hasta los campos que había a cada lado del camino, que eran regados a mano con todo el cuidado del mundo, se veían mustios. Las hojas pendían ajadas, como si las plantas jadearan de calor.

No era necesario ser mago para darse cuenta de que, si las lluvias no llegaban, las cosas iban a ponerse muy difíciles en la aldea.

Y, *por supuesto*, tampoco era necesario ser mago para saber que la mamá de Oliver no iba a permitir que su hijo de doce años partiera hacia la distante Sierra de la Lluvia, sorteando bandidos y monstruos y quién sabe qué más.

Su madre era una mercenaria retirada, pero no tan retirada para no haber dado dos vueltas a la plaza principal pateando y golpeando a Harold por atreverse a sugerir semejante cosa. Sólo que ella se había ido a Wishinghall para ayudar a su hija con su bebé recién nacido, y había dejado a Oliver, pues la aldea necesitaba a su mago, así fuera un insignificante mago menor.

Oliver había empezado a empacar su mochila casi en cuanto su madre había salido de la casa. Pero no había imaginado que la aldea entera se iba a materializar ante la puerta antes de que tuviera oportunidad de marcharse.

Lo gracioso —bueno, no exactamente divertido, pero daba algo de risa— era que él había estado dispuesto a poner en riesgo su vida por su aldea, y ahora allí estaban, exigiéndole que hiciera algo que en todo caso ya planeaba hacer, y al parecer muy dispuestos a expulsarlo si no se iba por su propia voluntad.

Habría mentido si dijera que eso no le había amargado un poco el entusiasmo.

—Mmmm —dijo Vezzo. Tenía la piel curtida de un granjero y las manos anchas y llenas de cicatrices—. Mira, Oliver, no es que nos guste la idea, pero sucede que eres el mago de la aldea, y tu labor consiste en traer las lluvias. Tu predecesor hizo el viaje a la Sierra de la Lluvia cuando era muy joven.

—¿Qué tan joven? —preguntó Oliver, con una idea más o menos precisa de la respuesta.

—Mmmm —respondió Vezzo, y pareció encontrar algo fascinante metido bajo sus uñas.

—Veinticinco —dijo el armadillo, que había estado en silencio hasta ese momento—. Mi madre era su animal familiar en ese entonces.

—Calla, calla —dijo Harold en voz alta, empeñado en no mirar al armadillo. Daba la impresión de que nunca le había gustado el animal familiar de Oliver, lo cual era una buena razón para que a Oliver no le cayera bien él—. Nada de eso,

14

muchacho. Eres el mago, así que vas a estar bien. Y no te estamos obligando. Eres el mago. Traer la lluvia es tu *misión*.

"¡Y yo iba a hacerlo!", pensó Oliver. "¡Estaba indeciso entre llevar tres pares de calcetines o sólo dos, y después iba a alimentar a los pollos y a ir a la granja de Vezzo para que él pudiera contarle a mi madre adónde había ido!".

Vezzo estaba parado junto a Harold. Parecía un buey tremendamente incómodo, pero buey en todo caso, y bloqueaba el camino de Oliver.

—*Es* tu misión, Oliver —le dijo en voz baja—. No es que me guste la idea, pero necesitamos la lluvia.

Había pliegues y arrugas entre los ojos del granjero y unos surcos más profundos a cada lado de su nariz, tan marcados que daba la impresión de que él mismo los hubiera arado.

—Me hubieras podido preguntar, ¿sabes? —contestó Oliver, algo triste. Siempre le había caído bien Vezzo.

—Se suponía que veníamos a preguntarte, nada más —respondió el granjero, y le dirigió una mirada cargada de amargura a Harold—. Pero por alguna razón se convirtió en algo más que eso.

Oliver suspiró.

—Está bien —dijo—. Pero debes ser *tú* el que le cuente a mi mamá, ¿de acuerdo? No él —señaló a Harold con un ademán—. Él le va a salir con alguna historia absurda con tal de salvar el pellejo. Tú sí le vas a contar lo que verdaderamente sucedió.

—A ver… —empezó a decir Harold, con los ojos desorbitados por la ira.

—Así lo haré —contestó Vezzo, sin hacerle caso al molinero—. Te prometo que le contaré lo que pasó tal como sucedió. Va a ponerse como una furia, pero me encargaré de decírselo. Te doy mi palabra.

Alargó una mano.

Oliver la estrechó. La mano de Vezzo era el doble de grande de la suya, y estaba cubierta de callos.

La multitud entera pareció suspirar. El armadillo también y apoyó su cuerpecito acorazado en las espinillas de Oliver.

—Muy bien —comentó Harold, el molinero—. Si ya estamos de acuerdo...

—Ya... —dijo Oliver—. Ya deje de hablar, ¿de acuerdo? Voy a ir, ¿está bien? Iba a hacerlo de cualquier manera.

El molinero dio la impresión de que quería decir algo al respecto, pero Vezzo le puso una de sus enormes manos en un hombro, y el hombre guardó silencio. Eso daba algo de alivio.

Oliver observó a la multitud. Nadie pronunció palabra. Vio a la amiga de su madre, Matty, que siempre estaba cocinando, y que el día anterior le había llevado un pastel de carne para cenar, pero ella no se atrevió a mirarlo. Estaba retorciendo su delantal entre las manos, y parecía que estaba a punto de ponerse a llorar.

Oliver se dirigió a ella:

—Matty.

Al oírlo, ella levantó la vista, mordiéndose el labio, y él se dio cuenta de que ya estaba llorando.

—¿Te harás cargo de darle de comer a nuestros pollos mientras estoy fuera? —le preguntó. Cualquier cosa que él estaba a punto de decirle no era tan importante como las lágrimas que rodaban por el rostro de la mujer—. Y de regar la huerta, y...

Se le acabó lo que quería decir. La magnitud del hecho de que en verdad iba a partir lo hizo sentir como si se estuviera ahogando.

Llevaba dos semanas planeándolo, desde que su mamá había dicho que se iría a Wishinghall, pero no había dado la impresión de ser algo real sino hasta ahora. Sentía ganas de llorar, pero no lo haría en ese momento, a la vista de todos.

Matty asintió, y emitió un ruidito triste, para luego tirar de su delantal y cubrirse la cara.

—Muy bien —dijo Oliver. Se echó la mochila al hombro. Se sentía pesada, más que nada por sus releídos libros: la *Enciclopedia de magia cotidiana* y *101 Recetas esotéricas caseras*, y la olla de cobre más pequeña de todas las que tenía su madre. Llevaba algo de dinero, un poco de comida, y tres hechizos.

Confiaba en que fuera suficiente.

—Ten cuidado, Oliver —le dijo Vezzo—. Por el camino de aquí hasta allá verás malas tierras.

Oliver hubiera querido preguntarle: "¿Y por qué no vienes conmigo?". Pero no lo hizo porque en el fondo sabía la respuesta. Él era el mago. Él era lo todo lo que tenían.

Pero no se sentía seguro para responder nada, así que se dio media vuelta y emprendió el camino. El armadillo trotó pegado a sus talones, como un perrito acorazado.

Oliver miró atrás unas cuantas veces, con la esperanza de que alguien se lanzara tras él gritando: "¡Voy contigo!", o "Todo ha sido un error, ¡vuelve acá!", pero nadie lo hizo, y desaparecieron rápidamente, como si estuvieran avergonzados. Sólo Vezzo permaneció en el lugar, observándolo mientras se alejaba. Las dos veces que Oliver miró atrás, lo vio agitar la mano para despedirse, y a la tercera ocasión cedió y le devolvió el gesto, para no sentirse como si se estuviera yendo al exilio.

❧ 2 ❧

Oliver caminó durante una media hora, sumido en sus pensamientos.

¿Qué les había pasado a todos en la aldea? Un día eran sus vecinos, la gente con la que había crecido, y luego, una mañana determinada, se comportaban de manera…

Tanteó buscando una palabra dentro de su cabeza. *Extraña. Irracional. Aterradora.*

Cuando Harold y Vezzo se plantaron ante la puerta y le exigieron que partiera hacia la Sierra de la Lluvia, él había tratado de explicar que iba a ir en cualquier caso, pero fue como si ni siquiera lo *escucharan*.

Era cosa de la sequía, claro, pero antes también había habido sequías y la gente no se había puesto así.

O debía ser por las nubes.

Hacía una semana, la temporada seca debía haber terminado. El cielo se había cubierto de nubes gruesas con la parte inferior de un gris azulado oscuro, y todos habían estado a la espera, porque eso presagiaba lluvia. En la aldea reinaba un silencio casi absoluto de tanta expectativa. Se habría podido distinguir el sonido de una gota al caer en un radio de varios kilómetros, y la gente contenía la respiración.

Pero no llovió.

Las nubes habían flotado por encima de los campos durante casi un día entero, y luego se habían alejado hacia el este, empujadas por los vientos que las agrupaban y las perseguían. Los bordes de las nubes se deshilacharon en jirones grises, y el cielo tras ellas apareció de un azul duro e inclemente.

Los aldeanos hubieran podido afrontar la falta de lluvia. Oliver estaba seguro de que lo que los había llevado al extremo era la *esperanza* de lluvia, que les había sido arrebatada de repente.

Se preguntó si habría sido igual cuando su predecesor partió para llevar la lluvia de regreso. Todo el mundo hablaba de eso como si hubiera sido un acto heroico, pero ¿qué tal que al viejo también lo hubieran arrinconado los granjeros, comportándose de esa manera tan rara?

Era una idea inquietante.

Y tampoco contaban nunca cómo lo había conseguido. Sólo decían que "había llevado la lluvia de regreso" y algunos hablaban de los Pastores de Nubes. ¿Qué tal que todo fuera un hechizo? "¿Qué pasará si llego a la Sierra de la Lluvia y resulta que no soy lo suficientemente bueno y los Pastores de Nubes no me dan ni la hora?".

Iba preocupado pensando en eso cuando el armadillo lo hizo tropezar.

Oliver soltó un quejido, moviendo los brazos en grandes círculos, y a duras penas consiguió evitar la caída saltando hacia un lado en un solo pie.

—¿Por qué hiciste *eso*? —preguntó irritado, mirando a su animal familiar como si lo quisiera fulminar.

El armadillo hizo un gesto expansivo con una de sus garras. Oliver miró a su alrededor.

No había nada. Los campos se extendían en todas direcciones, resecos y tostados. La aldea era visible como un manchón color fango que había quedado atrás. El cielo era de un azul duro, pero quebradizo. Daba la sensación de que, si uno lo golpeaba, podría romperse los nudillos contra él.

—¿Qué?

—Hace calor —replicó el armadillo—. Bebe algo.

—¡Oh! —ahora que pensaba en ello, se dio cuenta de que tenía mucha sed. Le dolía la cabeza de algo más que darle vueltas a las cosas. Y el sudor empapaba el cuello de su camisa. Buscó la cantimplora que pendía de su cinturón—. No se me había ocurrido.

—No está bien largarse dando zancadas enfurecidas y olvidar de cuidarse un poco —dijo el armadillo.

—No estoy enfurecido —lo corrigió Oliver—. O sea, *en todo caso* iba a partir, pero… bueno. De acuerdo, estoy algo enojado, sobre todo con Harold —se sentó y bebió un trago de agua, y luego fijó la vista en el pico de la cantimplora, aunque sin mirarlo en realidad—. Es sólo que… ¿qué fue lo que sucedió? Por la manera en que se comportaban, parecía que los hubieran embrujado o algo así.

—Pero no estaban embrujados —contestó el armadillo—, si es que te interesa mi opinión profesional.

—Ya lo sé —dijo Oliver—. No estornudé ni una vez. Si alguien los hubiera embrujado, yo habría empezado a moquear como una fuente. Es sólo que… no sé… —se frotó la frente con los nudillos.

Permaneció allí sentado unos minutos, envuelto en la oscuridad rojiza que había tras sus párpados. Luego de un rato, una cabecita escamosa le dio un empujón despreocupado a su mano. Oliver le rascó tras las orejas que conocía tan bien.

Seguía un poco enojado, pero tenía que meter ese enojo en alguna parte al fondo de su cabeza para no terminar por contestarle mal al armadillo o a cualquiera que no se mereciera esa reacción.

Claro, suponiendo que hubiera más gente entre el punto en el que se encontraban y la Sierra de la Lluvia.

Se le cruzó un pensamiento por la cabeza.

—Mmmm... ¿Armadillo?

—¿Sí?

—¿Y cómo llegaremos a la Sierra de la Lluvia? Quiero decir, veo las montañas allá a lo lejos, pero me refiero a si hay alguien a quien tengamos que buscar o un camino determinado que debamos tomar...

—¿No te lo explicó tu predecesor?

—Bueno, estoy seguro de que pretendía hacerlo —Oliver se sintió mal por dar a entender que el mago anterior de su aldea, ese anciano encantador, había pasado por alto sus deberes—. Pero... mmm... bueno... su mente divagaba un poco al final... y...

—Estaba más chiflado que una libélula borracha —concluyó el armadillo sin rodeos—. Olvidó eso también, ¿eh?

—Estoy seguro de que tenía la intención de decírmelo —Oliver estaba decidido a dejar en alto la reputación del viejo mago. Había sido extremadamente gentil con ese mocoso al que la magia le llegaba en accesos repentinos e inexplicables, y Oliver jamás había olvidado esa gentileza, ni siquiera cuando el viejo ya estaba algo chiflado y había empezado a llevar la ropa interior en la cabeza.

—Tres hechizos —el armadillo caminó arrastrando las patas—. Tres hechizos y lo que sea que hayas aprendido de sus desvaríos. Un niño entrenado por un viejo senil. Es absurdo. Y a pesar de todo, supongo que eres nuestra única alternativa.

Oliver se dijo que no iba a contestarle nada cortante a su animal familiar.

—Por fortuna, en este caso en particular, mi madre me dio una descripción detallada de la ruta a seguir. Yo debería ser capaz de encontrar el camino —el armadillo hizo una pausa, mirando la sombra distante de la Sierra—. Eso creo.

Eso no era especialmente reconfortante, pero al menos no estaban viajando sin tener la menor idea de hacia dónde iban. Oliver le dio un último trago a su cantimplora, se levantó y se sacudió un poco. El blancuzco polvo del camino se había adherido a sus pantalones formando franjas color crema.

—¿Y te dijo qué había que hacer cuando llegáramos a la Sierra? —preguntó el armadillo.

—Mmmm —Oliver se rascó la nuca. Se sentía granulosa—. No exactamente. Pero allí es donde viven los Pastores de Nubes, ¿cierto?

—¿Lo es?

—Pues es lo que dice todo el mundo.

—Está bien, no tengo la menor intención de llevarle la contraria a *todo* el mundo.

Oliver sabía que el armadillo lo decía en tono sarcástico, y dijo:

—Yo ya traté de discutir con todo el mundo, y ya viste en qué terminó.

El armadillo murmuró algo entre dientes.

Siguieron andando.

"Bien, mirándolo por el lado bueno, si mamá cree que me obligaron a partir, no va a enojarse conmigo, sino con Harold".

Era un pensamiento muy alentador. El viaje lo asustaba un poco y (para ser completamente sinceros) lo asustaba más que un poco lo que podría haber al final del camino, pero esas dos cosas palidecían en comparación con el terror que le producía la ira de su madre.

Si ella llegaba a enterarse de que se había escabullido para ir a buscar la lluvia… ¡por todos los infiernos! Probablemente ella no habría estado *dispuesta* a dejarlo salir de la casa antes de que se muriera de viejo. Y si hubiera logrado que lo dejara, habría sido por pura *suerte* y nada más.

Pero ahora podría regresar como un héroe. Su madre estaría encantada de verlo y no le gritaría por haberse ido. Harold era el que iba a llevarse la peor parte, y no él.

Cosa que, además, se merecía. Oliver estaba seguro de que había tratado de patear a su animal familiar una vez, porque creyó que él no lo estaba viendo.

A pesar del calor, Oliver empezó a silbar.

"Me pregunto cómo serán los Pastores de Nubes".

La hilera de huellas de patas que se dibujaba al paso del armadillo empezó a trazar líneas que iban y venían de un lado a otro del camino. Oliver estiró el brazo y lo levantó para cargarlo.

—Todavía puedo caminar —dijo el armadillo.

Oliver no dijo nada. Los armadillos tienen su dignidad. Tras unos momentos, su animal familiar apoyó la mejilla acorazada contra la de Oliver y suspiró.

—¿Maestro? —preguntó un Oliver muy pequeño, acunando la bolita húmeda y tibia de una cría de armadillo entre sus manos—. ¿Puedo hacerle una pregunta?

—Siempre puedes *preguntar* —dijo el viejo mago—. De hecho, siempre *deberías* preguntar. ¡Las preguntas son lo que hace girar al mundo! Que yo tenga una respuesta o no es otro asunto —estaba en uno de sus días buenos, y sus ojos se veían como trozos de duro zafiro en medio de su arrugado rostro.

El bebé armadillo rodó sobre sí para olfatear los dedos de Oliver. El niño exhaló de pura fascinación. Llevaba menos de dos horas de conocer al bebé armadillo y ya sentía por él un amor feroz. Claro, era una cría muy, *muy* pequeña de armadillo, pero ya era más lindo y entretenido que el bebé que vivía en la casa de al lado.

El bebé vecino habría mejorado radicalmente si hubiera tenido hocico y garras, según Oliver.

—¿Por qué tenemos animales familiares?

—¿No quieres tener uno? —preguntó el viejo mago—. Ya es un poco tarde para eso, diría yo.

—¡Sí! —Oliver apretujó al armadillo contra su pecho, temeroso de que alguien se lo pudiera quitar. El animalito se quejó con un chillido suave, y luego clavó sus casi inexistentes garras en la camisa de Oliver, buscando la protección de algún lugar oscuro y cálido—. ¡Sí lo quiero! No estoy diciendo que no lo quiera. Pero ¿para qué tenemos animales familiares? ¿Qué es lo que *hacen* ellos?

El viejo mago sonrió. El bebé armadillo descubrió el cuello de la camisa de Oliver y empezó a buscar con determinación cómo hacer su madriguera allí dentro. Oliver lo sintió meterse bajo la camisa y bajar hasta esa especie de hamaca que se formaba donde la tela se perdía entre los pantalones.

Esperaba que el armadillo no fuera a hacerse pipí encima de él otra vez. Había cuatro crías en la camada, tres de las cuales se habían quedado muy tranquilas, alimentándose de su madre, la familiar del viejo mago. La cuarta cría había mirado hacia la puerta cuando ésta se abrió, había soltado un chillido y se había lanzado por el piso hasta Oliver, caminando con determinación y mucho bamboleo, y le había soltado un chorrito de pipí en un pie.

—Bueno —el viejo se inclinó para acariciar a su anciana animal familiar, que estaba tendida de lado como una especie de banquito escamoso—. Los animales familiares son importantes. Recuerdan cosas que nosotros olvidamos. Algunos, no los armadillos por lo general, sino otras clases de animales familiares, actúan como nuestras manos. Algún día serás capaz de moverte por la mente de tu animal familiar y de ver a través de sus ojos —le acarició las orejas a la mamá armadilla, y ella resopló de gusto.

—Pero, sobre todo, nos recuerdan que somos magos…

ᕤᕙᕦ

El armadillo no tenía nombre. Más bien, tenía un solo nombre y ése le bastaba.

Su nombre verdadero era Eglamarck. Oliver sabía que ese nombre no se debía pronunciar en público, y tampoco en ningún momento en el que no fuera estrictamente necesario desde el punto de vista de la magia. El nombre verdadero de un animal familiar era lo que le daba esa condición especial, en lugar de ser un armadillo cualquiera husmeando en las tierras áridas a la búsqueda de insectos. El nombre era algo que no debía usarse a la ligera.

Como su armadillo ya tenía un nombre para las cosas importantes, le parecía que no tenía sentido ponerse otro, nada más para facilitarle las cosas a su mago. Al fin y al cabo, no era un perro. No iba a dejar que le encajaran un nombre como "Manchas" o "Suertudo" tan sólo para andar yendo y viniendo de aquí para allá en cualquier momento en que lo llamaran. Si Oliver llegaba a necesitarlo, él estaría cerca.

El predecesor de Oliver, que había tenido a la madre de Eglamarck como su animal familiar durante casi setenta años, le había dicho a Oliver que no valía la pena resistirse a esa situación. Durante los pocos años en los que tuvo a Oliver como aprendiz, su animal familiar había sido "mi armadilla" y el de Oliver había sido "ese joven armadillo tuyo". Y se las habían arreglado.

Oliver se había resignado a tener un animal familiar llamado "armadillo", sin más.

Su predecesor, ese viejo maravilloso de barba blanca, le había contado un montón de cosas. Desgraciadamente, ya rondaba los noventa cuando había tomado a su último aprendiz, y la mente se le iba a otra parte con frecuencia. Había hecho lo mejor que había podido, aunque hubo cosas que le repitió a Oliver cuatro o cinco veces, y muchas más que nunca le mencionó.

Pero le había entregado al joven mago todos los libros que poseía, y la bolita escamosa que era el bebé armadillo, y a partir de eso Oliver había aprendido lo suficiente para que la gente de la aldea lo adoptara como su nuevo mago.

A decir verdad, la cosa no había ido tan mal. La gente lo buscaba cuando tenía un problema relacionado con la magia… gremlins en los mecanismos del molino o fuegos fatuos en los potreros, papas que hablaban en lenguas desconocidas cuando salían del horno, o gallos que ponían huevos que se convertían en serpientes o sapos. Cosas menores, insignificantes.

Oliver prestaba atención mientras le contaban el problema, o aceptaba con cierta cautela el puñado de papas proféticas, le hacía un solemne gesto de asentimiento al cliente, y se iba a su habitación en el ático. Allí, se volcaba en sus libros

—casi siempre en la *Enciclopedia de magia cotidiana*—, hasta que encontraba la posible causa del problema y, entonces, a punta de prueba y error y el libro de *101 Remedios esotéricos caseros*, salía a tratar de arreglar las cosas.

Ya fuera por su corta edad, o porque el viejo mago había llegado a tan avanzada edad y se habían acostumbrado a una magia de nivel inferior, los aldeanos eran muy comprensivos con los errores de Oliver. Ayudaba, además, el hecho de que no cobraba hasta que estaba ciento por ciento seguro de que había resuelto el problema, lo cual quería decir que esperaba al menos una semana y hacía varias visitas de seguimiento. Y nunca cobraba mucho, de cualquier forma, lo cual tal vez había ayudado todavía más.

Para cuando Oliver había cumplido once años, ya tenía bastante habilidad para identificar los problemas, aunque no siempre para resolverlos. Podía diferenciar una papa poseída de una que simplemente había sido cultivada en suelo malo, pues la magia a veces se metía bajo tierra, al igual que el agua de los mantos freáticos, y los tubérculos como la papa tienen tendencia a absorberla. Y sabía cuándo echar mano de fuego, sal y cicuta para sacar a un espíritu malvado que se hubiera alojado en el centro de la papa, y cuándo nada más recomendarle al granjero que, en el futuro, plantara más bien coles. Conocía seis encantamientos para desterrar los fuegos fatuos (por lo general necesitaba al menos dos intentos antes de dar con el correcto, pues dependía del clima), y sabía cuándo una infestación de gremlins era lo suficientemente grave para merecer un atado mágico de anís y huesos de codorniz, y cuándo bastaba con soltar a los gatos.

La mayor parte de los encantamientos y recetas requerían hierbas, así que había acumulado una cierta cantidad de conocimiento en ese campo, pero era difícil, y tenía que apoyarse más que nada en el sentido del olfato del armadillo. Su madre, que estaba muy orgullosa de su hijo, el mago, sembraba las hierbas más comunes en su huerto o en macetas en la ventana. Pero había algunas que sólo se daban en el bosque o a las orillas de los riachuelos, y él tenía que salir a buscarlas. Cuando los gallos sufrían un acceso de fiebre de cocatriz y empezaban a poner huevos llenos de serpientes, por ejemplo, se necesitaba acederilla y lirio de trucha. Eso implicaba una excursión por las arboledas, con el armadillo trotando tras él.

Oliver era corpulento, y tendía a ser un poco regordete, pero andar por el bosque en busca de plantas difíciles de encontrar, sin más guía que un libro con ilustraciones en blanco y negro y un armadillo sarcástico, lo mantenía razonablemente en forma.

La magia era difícil y exigente y escurridiza, y a menudo las cosas salían mal, pero también era interesante, como armar un rompecabezas que estuviera cambiando permanentemente.

Era un trabajo bastante bueno, a pesar de todo. No había aprendido muchos hechizos de verdad —tres en total, y el que lo protegía contra la caspa de armadillo probablemente ni siquiera contaba como tal—, pero conocía bastantes recetas de encantamientos, y los aldeanos le pagaban con huevos y queso y mantequilla y tocino, a veces más de lo que su madre, su hermana y él alcanzaban a comer. Los suyos eran los cerdos mejor alimentados de la aldea. El armadillo había comido tanto que caminaba muy lento, e insistía en que lo llevaran en brazos a todas partes, hasta que Oliver lo sometió a una dieta estricta de sólo un huevo a la semana y nada de crema.

Esto dio resultado hasta que su hermana se casó, y se fue a vivir a otro lugar, y los huevos comenzaron a acumularse otra vez. Pero hubiera sido una descortesía imperdonable no aceptar la comida cuando la gente estaba decidida a darle *algo*, así que su madre los preparaba en conserva, en grandes cantidades. Había días en que parecía que la mitad de las plantas que él recogía se iban directamente a sazonar las conservas.

Fueron las plantas las que lo alertaron de la sequía.

A estas alturas, él ya estaba acostumbrado a las plantas. Conocía la diferencia entre las formas de las hojas, si eran puntiagudas y lanceoladas o si se abrían como una mano, si estaban cubiertas de pelusa o si eran lisas y cerosas o suaves.

Sabía que ninguna de esas hojas debería estar cambiando a tonalidades marrones con los bordes rizados.

Sabía que las campanillas de Virginia debían retoñar con hojas parecidas a los repollos, al final de marzo, y no a comienzos de febrero. El clima se había calentado demasiado pronto y las plantas habían brotado antes de tiempo, y luego había hecho más y más calor, y también se habían marchitado antes de lo que debían. Los árboles habían echado sus retoños un mes antes del festival de primavera, y las raíces habían empezado a secar los pozos.

Oliver sabía que los riachuelos debían estar plagados de berros, y que el límite del bosque debía verse muy tupido y verde, y no mustio y reseco.

En lugar de eso, los riachuelos eran un lodazal y los berros habían desaparecido hacía meses, lo cual quería decir que él estaba utilizando hojas secas en lugar de frescas, y eso le preocupaba.

Se preocupó aún más al caminar por el pantano y verlo seco, con el fondo crujiendo y cuarteándose bajo sus pies, y las hierbas rígidas y amarillentas, como para hacer escobas. Parecía que estuvieran al final del otoño en lugar del verano.

Todo eso era malo. Los árboles que él había conocido cuando apenas tenía edad para aprender a caminar estaban perdiendo sus hojas como si fueran a morir.

Y fue por eso que, cuando la multitud se presentó ante su puerta, lo encontraron con la mochila ya preparada.

Alguien tenía que ir a buscar la lluvia, y al parecer tendría que ser él.

⁂

Al pasar por los huertos, el camino estaba bordeado a ambos lados con manzanos. Las pocas manzanas que colgaban de las ramas eran pequeñas y se veían marchitas. La sequía tampoco les había sentado bien.

No llegaban a madurar aún, pero Oliver no había desayunado nada. La que mejor se veía entre todas estaba muy fuera de su alcance.

Se detuvo y se apoyó contra la cerca. El armadillo aprovechó la parada para lavarse la cara, como un gato con escamas.

—Para acá, para allá… —murmuró Oliver en voz muy baja, y se concentró en el tallo de la manzana.

Hacer un hechizo era difícil de explicar. Era como pensar insistentemente en algo, pero de manera indirecta, lateral. Había que concentrarse y decir las palabras, y luego, desde adentro de la cabeza, uno *empujaba* para acá y para allá con mucha fuerza…

El tallo se partió, y la manzana cayó por entre las hojas, rebotó en una rama y rodó hasta el borde del camino. Oliver se abalanzó sobre ella.

Había aprendido el hechizo de "para acá, para allá" la primavera pasada, cuando Harold, el molinero, había tenido una infestación de gremlins en el molino, y no se había molestado en llamarlo sino hasta que las criaturas habían empezado a romper los mecanismos de su maquinaria. Era un peligro tener gremlins en el molino: si terminaban atrapados en algún engranaje y resultaban molidos junto con el trigo y mezclados en la harina, el pan salía con tendencia a explotar o sangrar, o decidía convertirse en una bandada de estorninos que chillaban por toda la cocina. Pero Harold siempre había sido tacaño y mezquino, y no le importaba si la gente se quejaba.

Sin embargo, al verse ante la perspectiva de una posible cuenta por las reparaciones, llamó a Oliver a toda prisa. Para entonces, los huesos de codorniz y el anís con ruda ya no surtían efecto. Los gremlins habían metido paquetitos de travesura en todos los engranajes y ruedas dentadas, y Oliver tuvo que revisar todos los mecanismos del molino para sacar cada uno de los paquetitos y recolectarlos en un pañuelo limpio de lino. Al final, tenía una bolsa enorme llena de todo eso, como un saco de humo y ortigas. Le había llevado días hacerlo, con Harold respirándole en la nuca y perdiendo dinero, y ahí había llegado a dominar el hechizo en medio de la desesperación, pues le permitía liberar los paquetes, o acercarlos lo suficiente para sacarlos con la mano.

Definitivamente, no era tan útil como tener una mano invisible —y aunque había leído sobre ese hechizo, no había conseguido que funcionara—, pero era tan bueno como tener un pie invisible. Podía cerrar puertas o abrirlas, acercar las cosas o alejarlas de un empujón. Con mucha paciencia, lograba avances relativamente pequeños, casi con el mismo esfuerzo mental doloroso que hubiera necesitado para levantar algo del suelo con los dedos de los pies.

También era un hechizo excelente para recoger las manzanas que estaban fuera de su alcance. Le dio un mordisco a la que había atrapado. Tenía un sabor ácido, pero refrescante.

—Te vas a arrepentir de haber comido más adelante —dijo el armadillo.

—Ya lo sé —contestó Oliver, tomando otro bocado.

❧ 3 ❧

Oliver durmió bajo un árbol esa noche, cosa que resultó terriblemente incómoda. Usó su abrigo como cobija, y su mochila como almohada. En cuanto a almohadas, no se comparaba con la de pluma de ganso que tenía en casa, pues la mochila tenía hebillas, y zonas más duras, y el filo del libro *101 remedios esotéricos caseros* se le clavaba desagradablemente en la mejilla.

Sin embargo, las desventajas de la mochila no eran nada comparadas con tener el suelo por colchón. Todo le pinchaba o se le incrustaba, el suelo era duro y pedregoso, y lo único que parecía producir la tierra era una abundante cosecha de insectos.

La incomodidad se veía agravada por la sensación de náuseas y retortijones de estómago tras comerse no una sino *tres* manzanas que todavía no estaban maduras. Le habían parecido deliciosas al morderlas, pero no era bueno comerlas con el estómago vacío. Ni siquiera se había molestado en preparar algo de cena (el armadillo no le había dicho "te lo dije", con lo cual Oliver era todavía más consciente de que su animal familiar lo había dicho sin decirlo).

—Quédate quieto —gruñó el armadillo.

—Es que hay piedras en el suelo —murmuró Oliver.

—Así es el suelo. Está *hecho* de piedras.

No fue la primera vez que Oliver se preguntó si era buena idea que los animales familiares tuvieran el don de hablar.

Tras una insignificante eternidad de algo que no venía a ser tan reparador como el sueño pero se parecía un poco, el sol salió. Oliver se levantó. Bebió agua del canal de riego que corría al lado del camino. El agua tenía una fina película de polvo por encima. Los insectos se aferraban a los tallos secos y hierbas que se movían a uno y otro lado por encima de la cabeza del armadillo.

—¿Y vamos a hacer lo mismo todas las noches? —preguntó Oliver, trepando para salir del canal—. ¿No hay granjas por el camino, o algo así?

El armadillo se paró sobre las patas traseras, y se rascó la panza.

—No lo sé. Nadie viene por aquí, ¿o sí? Todo esto son tierras de cultivo. O lo *eran*… pero nunca he visto a los granjeros en la aldea.

Oliver se preguntó si esas granjas estarían abandonadas. Las vallas no se notaban en buenas condiciones, eso era cierto. Se preguntó si, de haber más agua por ahí, habría más maleza. Unos cuantos parches de tierra, más bajos que el resto del suelo, verdeaban levemente con vegetación, pero nadie había sembrado nada. Había una costra dura cubriendo la tierra. A Oliver no le parecía que la hubieran arado ese año. Tal vez no la araban desde hacía varios años.

—Todo lo que sé es que, si nos alejamos lo suficiente, llegaremos al bosque de Harkhound —explicó el armadillo. Bajó las patas delanteras de nuevo y se quedó mirando la sierra montañosa—. Es el bosque lo que me preocupa. Tiene cierta reputación.

—¿Qué tipo de reputación? —preguntó Oliver.

—Mala. Y mi madre decía que allí las babosas sabían raras.

—Pues bueno... —Oliver sabía entender ese tipo de comentarios contundentes—. ¿Qué tan lejos queda? —se recriminó por no haberlo preguntado antes.

El armadillo lo pensó un poco.

—Cinco o seis días, creo.

—¿Seis *días*? —Oliver sentía que llevaba caminando desde siempre. Dormir en el suelo una noche ya había sido algo terrible. Dormir en el suelo durante todo ese tiempo le dejaría la columna permanentemente torcida.

—Y tomará más tiempo si nos quedamos parados hablando —respondió el armadillo, avanzando con sus cortas patas.

Oliver suspiró.

—¿Hay algún atajo?

—Cómprate un caballo.

No tenían dinero suficiente para eso. Oliver contó las monedas en su bolsa y calculó que tal vez podrían pagarse un casco de caballo y un par de pelos de la cola, siempre y cuando no fuera un caballo muy bueno. Además, había una evidente ausencia de gente a quien pudieran comprarle un caballo.

Rebuscó en su mochila y sacó una galleta. Había estado fresca y crocante el día anterior. Pero ahora estaba blanda e hizo que le diera sed. Tuvo que volver al canal y tomar otro trago del agua polvorienta.

El armadillo siguió avanzando. Oliver se pasó las manos mojadas por el cabello y la cara, y salió tras él.

35

Había sido un largo día y nada había pasado, excepto que a Oliver le dolían los pies y que los ojos le ardían por el polvo y el resplandor. Sacudió el trozo de tela en el que había envuelto las galletas, lo mojó en el agua, y se lo puso sobre la frente. Eso le ayudaba un poco con el exceso de luz.

Ellos caminaban y en ocasiones se detenían a descansar. No había mucho consuelo en sentarse en la tierra al lado del camino, así que esos momentos nunca se prolongaban mucho. Cuando las cortas patas del armadillo empezaban a cansarse (no es que dijera nada al respecto, pero Oliver se daba cuenta), lo alzaba para llevarlo cargado.

—Tienes migas de galleta entre el cabello —dijo el armadillo, y luego vino la cosquillosa sensación de un hocico que husmeaba en su cuero cabelludo. Oliver rio sin querer y dejó que su animal familiar se las quitara.

No vieron otros seres humanos. De vez en cuando pasaban cerca de una granja en pie, abandonada. Una vez, muy lejos, al otro lado de un potrero, vio algo que podía ser una cabra o una oveja, pero no se acercó a ellos.

A Oliver se le cruzó por la mente que no sólo jamás había llegado más allá de los huertos por este camino, sino que nunca se había preguntado que habría por ahí. No es que estuviera prohibido, y por eso resultara interesante, como sí sucedía con las ruinas de la atalaya. Entre los niños de la aldea de Loosestrife se sabía que no había nada que valiera la pena en esta dirección, así que nadie se había preocupado por explorar. Uno podía quedarse en el límite de los huertos y ver campos y cercas, y no había razón para pensar que hubiera algo diferente más allá.

"Me hubiera servido pensar en eso. Aunque, si hubiera venido por acá por pura curiosidad, me habría aburrido mucho antes de que se hiciera de noche".

Iba anocheciendo, y él empezaba a pensar dónde hacer el alto para pernoctar. ¿Debían detenerse pronto para encender una fogata, y aprovechar uno de los paquetes de té que llevaba en la mochila? No había visto ningún lugar que pareciera más acogedor que el árbol de la noche anterior.

Casi ni quería detenerse. Dormir en el suelo era casi tan agotador como seguir caminando. A lo mejor si seguía andando durante toda la noche, se sentiría menos cansado en la mañana.

Oliver sospechaba que el armadillo le diría que era una idea absurda, así que no la dijo en voz alta.

Seguía caminando maquinalmente a lo largo de la valla, una más de la serie interminable de vallas idénticas, cuyos postes eran leños partidos a la mitad, que delimitaban campos más o menos idénticos, cuando oyó un ruido fuerte.

Alzó la vista, sorprendido, y se dio cuenta de que había sido la puerta de una granja cerca del camino. Estaba tan concentrado en sus pies que no le había puesto atención a nada más ni había reparado en la casa de la granja. Por la carretera de la casa venía apurado un hombre alto y de espalda encorvada.

El hombre no dijo nada hasta llegar al camino y se plantó allí a esperar a que Oliver estuviera más cerca.

—Muchacho —exclamó, cosa que podía ser un saludo o una observación. Tenía una voz profunda, y la mano que posó en el poste que estaba junto a Oliver era enorme, con nudillos enrojecidos.

Oliver decidió interpretarlo como saludo. No reconocía al granjero, pero la hospitalidad del campo, incluso en estos tiempos, significaba que podría conseguir que lo dejaran dormir en el pajar y que le dieran algo de comer.

—Buenas noches tenga usted, señor.

Se hizo un largo silencio. Oliver aguardó educadamente y después, al ver que eso no funcionaba, preguntó:

—¿Sería posible contar con su hospitalidad para pasar la noche, señor?

—Hospitalidad —dijo el granjero.

Oliver empezó a preguntarse si el hombre no estaba bien de la cabeza. O era un hombre simple, quizá. Tal vez sólo podía repetir lo que otras personas le decían. Tenía la piel espantosa, no sólo llena de cicatrices sino que también parecía rígida entre una y otra marca, y sus ojos eran oscuros y estaban muy separados entre sí.

"¿A lo mejor tuvo viruela? Sé que la enfermedad produce fiebre, y que la fiebre puede perjudicar al cerebro…". Aprender herbolaria implicaba enterarse un poquito de asuntos de medicina, aunque Oliver no fuera un curandero ni pretendiera serlo.

El armadillo se estremeció de manera extraña, como acomodando su coraza. El granjero miró hacia abajo, como si lo estuviera viendo por primera vez.

La mayoría de la gente probablemente se fijaría en el hecho de que alguien tuviera un armadillo como mascota, si es que reconocían al animal. El viejo granjero no dijo nada.

Oliver empezó a dudar de que fuera a obtener algo de cenar, pero abrigó la esperanza de que el pajar estuviera disponible. El heno le sentaba muy mal con sus alergias. El hechizo que sabía sólo funcionaba con la caspa de armadillo. Pero el suelo era terrible para su espalda, así que, si alternaba entre una y otra cosa, quizá sobreviviría hasta llegar a la Sierra de la Lluvia.

—¿Podría pasar la noche en el pajar, señor? Le prometo que no voy a causar ningún problema.

—Pajar —repitió el granjero—. El pajar. Oh, sí, señor —lo recorrió un estremecimiento, bastante similar al del armadillo, y su mirada pareció hacerse más penetrante—. Ah, y venga usted a la casa para tomar su cena.

"¿Y esa manera tan ceremoniosa de hablar?", pensó Oliver. "¿Quién se expresa así? Parece una carta protocolaria y no alguien hablando...".

"Dijo cena", le recordó una voz con tono más práctico, y eso hizo que se decidiera.

La mujer del granjero era la señora Bryerly, lo cual seguramente quería decir que el granjero era el señor Bryerly, pero Oliver estaba demasiado atareado comiendo como para preguntar.

Bueno, intentando comer, más bien.

Era una cena muy rara. Nada estaba cocinado. Se veía como una peculiar mezcolanza de conservas y un pan viejo y duro, y una cebolla cruda junto con media rueda de queso con bordes mohosos.

No era la peor comida que le hubieran dado en su vida pero... pero sí era algo extraña para ofrecerle a un visitante. Oliver supuso que ellos ya habían comido antes, más temprano, y que la señora no había querido preparar una comida completa para un desconocido que pasaba por ahí, pero parecía un montón de cosas que hubiera tomado de la despensa sin ponerse a pensar en cómo combinarían entre sí. Queso, pan y cebolla podían ir bien, pero ¿la jalea de moras azules? Y no tenía idea de qué era lo que había en el otro frasco, aparte de que se veía color café y con consistencia arenosa.

Un trozo de queso envuelto en una capa de cebolla y dispuesto sobre un pedazo de pan era algo comestible, aunque muy reseco. Oliver tuvo que pedir agua, y hubo una larga pausa antes de que la señora Bryerly se levantara de un salto, diciendo:

—¡Pero qué tonta! ¡Por supuesto! —y echó al señor para que fuera a la bomba a sacar agua.

Pero incluso si no hubiera tenido la garganta seca debido al pan, Oliver dudaba que hubiera podido intercalar una palabra en la conversación. La señora Bryerly era tan alta como su marido pero mucho más voluminosa, y a pesar de eso, se las arreglaba para moverse como si *revoloteara*. Aunque ese revoloteo podría haberse tomado como algo muy femenino en su juventud, ahora parecía más bien un ganso herido que tratara de escabullirse de las manos del granjero. Y además, hablaba sin parar. A duras penas Oliver había podido contar su historia, en términos muy escuetos, y la señora ya estaba volcando toda su simpatía en él.

—¡Qué corazón de piedra! —dijo por tercera o cuarta vez—. ¡Qué duro mandar a un niño en ese largo viaje! —se secó los ojos—. ¡Qué crueldad! ¡Qué falta de humanidad de su parte!

Oliver fijó su mirada en el queso, se sentía raro.

Ante él había una persona presta a darle la razón en todo, y lo que él sentía era un deseo profundo de defender a los aldeanos porque... bueno... porque *no* eran crueles ni inhumanos. Para nada. Vezzo era un buen hombre y siempre les había llevado un corte de carne cuando mataba a un animal, y Matty había perdido a dos de sus hijos y tenía una fragilidad dulce que la llevaba a deshacerse en lágrimas si uno le hablaba con dureza.

—¡Qué bestias desalmadas! ¡Pobre niño!

Sí, era cierto que habían hecho algo muy mezquino al mandarlo así de viaje, y Harold había sido tajante, eso sí, pero... en fin... la verdad es que él *era* el mago. Alguien tenía que llevar la lluvia. Y estaban asustados, todos. El miedo podía provocar que las personas hicieran cosas crueles y tontas, pero Vezzo y Matty habían tratado de hacer lo mejor posible.

—¡Ay, si pudiera decirles lo que pienso! ¡Lo haría!

Oliver se dio cuenta de que extrañaba a su madre. No es que pudiera confesarlo, porque ningún niño de doce años llegaría a ese punto y más valía darse por vencido en ese aspecto. Pero su forma de afrontar las cosas, sin pelos en la lengua, habría sido un contrapunto bienvenido ante el revoloteo meloso de la señora Bryerly. Oliver tocó la jalea de color café con su cuchillo, preguntándose de qué estaría hecha y si sabría bien sobre el pan.

—Ataja tu lengua y tus palabras, mujer —bramó el granjero.

—¡Oh, cielos! —siguió ella, sin hacer caso de su marido—. ¡Qué problema! ¡Me parece tan terrible! ¡Ojalá pudiera quedarse con nosotros!

Oliver iba a abrir la boca para asegurarles que estaba bien, que él era el mago y que ese viaje era su misión, pero decidió más bien callar.

El granjero lo estaba observando, y algo en él, ya fuera su manera anticuada de hablar o las profundas sombras vacías bajo sus ojos o algo más, imposible de precisar, hacía que el joven mago se sintiera desesperadamente incómodo.

Aunque no era nada racional, y podía interpretarse como una grosería, Oliver sintió el deseo repentino e intenso de salir corriendo del lugar, lejos del revoloteo de la señora Bryerly y de los enigmáticos ojos centelleantes de su marido.

41

—Si... si yo... si yo pudiera quedarme esta noche en el pajar —tartamudeó. Parecía que esa espantosa cena no iba a terminar nunca. Le dio un mordisco al pan cubierto de jalea. Higos. Detestaba los higos. Trató de tragarse el bocado, pero casi se ahoga y debió tomar varios tragos grandes de agua.

—¡Oh, no! ¡Pobre criatura! Debes quedarte aquí, con nosotros. Dispondremos una cama junto al fuego, para que estés cómodo y calientito —la mujer le sonrió, sin pensar que no había fuego, que la chimenea estaba apagada y fría y llena de telarañas, y que era evidente que no se había encendido en mucho tiempo. La única luz provenía de las ventanas, y ya se había desvanecido hasta dejarlos comiendo prácticamente a oscuras.

—¡No! Mmmm... —Oliver tenía *claro* que no quería quedarse en la casa, aunque no sabía cómo ni por qué—. Ah, no puedo. Es por mi animal familiar. Él... mmm... no está entrenado para estar en una casa.

Se imaginaba que recibiría un coletazo del armadillo por decir eso, pero su animal familiar estaba sentado, erguido y atento a sus pies, y ni siquiera meneó las orejas.

La señora Bryerly arrugó la nariz.

—Oh —dijo con un tono de voz que no revoloteaba—. Ya veo.

Se hizo un silencio incómodo. Las manos de la señora Bryerly se movieron, retorciendo los bordes de su delantal. También tenía los nudillos muy grandes, como avellanas rojas.

—Entonces, habré de conducirte al pajar —dijo el señor Bryerly, levantándose. Oliver se puso de pie de un salto y lo siguió.

Las sombras del patio de la granja se veían oscuras y difusas en el crepúsculo. Oliver siguió a la silueta encorvada del granjero a través del patio. El suelo había sido pisoteado por cascos y pezuñas durante años, pero ahora estaba convertido en un paisaje reseco y traicionero. La casa quedaba envuelta en la hojarasca oscura de los arbustos.

—Habrás de tener cuidado de no asustar a las vacas —dijo el granjero, levantando la pesada tranca de madera y abrió la puerta del granero. El pajar está al fondo.

—Mmmm… Gracias —contestó Oliver, entrando al granero. Miró alrededor y sólo vio oscuridad, a excepción de unas ranuras que dejaban pasar algo de luz—. Ah, y habrá un…

Criiiiic.

La puerta se cerró tras él. La oscuridad lo golpeó de frente.

—Mmmm…

Oyó el crujido de la tranca al encajar en sus soportes.

No le gustó para nada.

—Armadillo, tú…

Una cola lo golpeó en las espinillas. Oliver guardó silencio.

Transcurrieron uno o dos minutos. Oliver oyó el gruñido de algún ser vivo más allá, en los establos.

—Arma…

Otro coletazo de advertencia.

Oliver aguardó. Algo grande respiraba en la oscuridad.

Y entonces oyó, sin llegar a darse cuenta de que eso era lo que estaba esperando oír, el sonido de las pisadas del granjero alejándose.

El señor Bryerly se había mantenido parado del otro lado de la puerta del granero, sin moverse, durante varios minutos.

Eso era… bueno, era terriblemente espeluznante.

—Ya se fue —dijo el armadillo en voz baja, una vez que el sonido de las pisadas se fue desvaneciendo—. Pero estamos encerrados aquí.

43

—Sí —contestó Oliver con voz dudosa—, pero imagino que hay que cerrar el granero para que las vacas no se salgan…

—No hay vacas aquí —respondió el armadillo sombríamente—. Hay dos cerdos, y están muertos de pánico.

—Somos desconocidos.

—No nos temen a *nosotros*.

—¡Oh!

Se hizo silencio. Oliver esperó a que su vista se acostumbrara a la oscuridad. Podía oír al armadillo husmeando por ahí.

—¿Por qué nos mentiría con respecto a las vacas?

Imaginaba que el armadillo iba a contestarle de manera cortante pero, en lugar de eso, se acercó y Oliver percibió el peso de su cuerpo pequeño y escamoso contra las piernas.

—Ésa es una pregunta muy interesante —dijo el armadillo—. No creo que tuviera la intención de mentirnos. Más bien, se le olvidó que ya no había vacas, o fue algo que supuso que debía decir, sin saber bien lo que significaba.

—¿Y qué clase de granjero se olvida de sus vacas? —preguntó Oliver, intrigado.

—Uno que en realidad no es granjero, supongo.

No sonaba nada confortante.

—¿Tú crees que son impostores?

—Lo que sí sé es que tienen un olor dulzón —dijo el armadillo inesperadamente.

—¿Cómo?

—*Dulzón* —la cola del armadillo se meneó como la de un gato nervioso—. Como a jarabe de arce y huevos de hormiga… los dos.

Oliver se quedó pensando cuándo habría probado el armadillo esas dos cosas, jarabe de arce y huevos de hormiga, y decidió que tal vez no quería saberlo.

—En todo caso, no es un olor normal —continuó el armadillo—. O tal vez no es un olor humano.

Eso era aún menos confortante.

—¿Tú crees que no son humanos?

—¿Y acaso importa? —el armadillo se encogió de hombros, en una especie de estremecimiento acorazado—. O bien son monstruos inhumanos que fingen ser una encantadora pareja mayor, o son una encantadora pareja mayor que planea matarte y sepultar tu cuerpo bajo el granero.

—¡Por Dios!

"¿Enterrado bajo el granero?", pensó, y luego se dijo a sí mismo, exasperado: "¿Y acaso importa dónde planeen enterrarme?".

Un gruñido surgió de la oscuridad. Oliver vio un hocico que se asomaba en un parche iluminado por la luna, y el brillo de unos ojillos negros.

—¿Puedes… mmm… puedes hablar con los cerdos? A lo mejor ellos saben qué cosa son los Bryerly.

—Mmmm, podría ser. Los cerdos son bastante inteligentes. Como animales familiares pueden ser excelentes.

—Qué asco, ¿quién querría tener a un cerdo por animal familiar?

Estaba demasiado oscuro para distinguir la expresión del armadillo, pero la silueta de sus orejas se recortaba con cierto porte irónico.

—No lo sé… digamos que… hipotéticamente… *una pareja de asesinos te hubiera encerrado en un granero*… ¿preferirías tener a tu lado un armadillo de cinco kilos o un amigo de doscientos, con sus colmillos?

—Oh —Oliver lo pensó—. Creo que seguiría prefiriéndote a ti.

—Mmmm —a pesar de las circunstancias, Oliver se dio cuenta de que el armadillo estaba complacido. Su animal familiar se apretó brevemente contra sus piernas, y luego fue hacia el corral de los cerdos.

Ver a los animales comunicarse no resulta particularmente interesante. Nada más se quedaban frente a frente, apoyándose en unas patas y luego en otras, y respirando. De vez en cuando uno de los cerdos soltaba un gruñido. Si estaba pasando algo más interesante, se perdía en las sombras.

Oliver se sentó en una jaula y se concentró en escuchar los sonidos que venían de afuera. Pensaba que tal vez podría mantener la puerta cerrada con el hechizo de "para acá, para allá", si al señor Bryerly se le ocurría volver, pero no sería por mucho tiempo. Y, además, las puertas se abrían hacia fuera, de manera que no podía mantenerlas cerradas desde dentro.

Tras un rato, uno de los cerdos pisoteó el suelo y chilló. Ambos miraron en dirección a la casa. El armadillo suspiró y también miró hacia la casa.

Eso pareció poner fin a la conversación. Los cerdos retrocedieron hacia el rincón más alejado, y se quedaron muy juntos los dos. El armadillo regresó al punto donde Oliver estaba sentado.

—Odio hablar con cerdos —murmuró—. Me toma semanas volver a dejar las cosas en orden…

—¿Qué dijeron?

—No *dijeron* nada —gruñó el armadillo—. No son personas disfrazadas de cerdos. No tienen un idioma… no es que hablen "cerdés" ni nada parecido. Son *cerdos*, y ya.

Oliver aguardó con paciencia. El armadillo solía empezar a renegar cuando estaba nervioso.

—Tienen miedo. Huele a que han vivido con miedo ya un buen rato. Solía haber más cerdos, y creo que algo malo les sucedió a los demás.

—¿Qué sucedió?

—¡No lo sé! No lograron decírmelo. Es que no pueden describir las cosas, ¿me entiendes? El vocabulario de los cerdos se reduce a sí/no, comida, miedo, satisfacción, este-cerdo/este-cerdo-no. No hay mucho material de trabajo —suspiró—. Pero sea lo que sea lo que sucedió, fue algo malo y los asustó, e intuyo que no fue simplemente que sacrificaran a un cerdo frente a ellos, sino que debió ser algo muy extraño.

—¿Tienen nombres? —preguntó Oliver, con interés. La comunicación con otra especie, y menos con un cerdo, era un campo que ninguno de sus libros abordaba, y el armadillo no contaba, en realidad.

—¿Que si tienen…? Sí, se llaman Tocino y Chuleta —el armadillo saltaba de frustración—. ¡Pues claro que no tienen nombres! ¡Son *cerdos*!

—Oh.

Al cabo de un par de minutos, el armadillo cedió.

—Saben quiénes son —explicó—. Conocen la diferencia entre este cerdo y el otro cerdo. Pero no tienen nombres, como tú y yo. No los necesitan.

Era fascinante, y Oliver se guardó ese dato para más adelante ya que no era particularmente útil en ese momento.

—Debemos salir de aquí —dijo Oliver—. En serio. Yo diría que deberíamos esperar a que los Bryerly se duerman, pero tal vez ellos están esperando a que nosotros nos durmamos.

—Mmmm, sí —lo pensó el armadillo unos momentos—. Tenemos que llevarnos a los cerdos.

—¿Qué? ¿Llevarlos con nosotros?

—No, no, pero tenemos que dejarlos salir.

—¿Y adónde van a ir?

Sintió a su animal familiar encogerse y relajarse contra su pierna.

—No lo sé. Probablemente al bosque. A cualquier lado. No podemos dejarlos aquí.

—Pero… cerdos silvestres… —Oliver había visto perros destrozados por cerdos que se habían vuelto silvestres, y no quería volver a ver nada semejante. Un cerdo salvaje era el animal más peligroso que habían visto por los alrededores de Loosestrife, peor que los osos o los gatos monteses.

Pero el armadillo tenía razón. No podían dejar a los cerdos en manos de los Bryerly.

—¿Puedes conseguir que se comprometan a no hacerle daño a nadie?

El armadillo resopló.

—No puedo más de lo que tú podrías. No es que ellos se nieguen a hacerlo, es que no existe una manera verdadera de comunicarles el concepto. Los cerdos no hacen promesas.

—¡Oh! —suspiró Oliver. No es que hubiera muchas opciones, a decir verdad—. Imagino que es inevitable. No podemos dejarlos aquí. Entonces, saquémoslos.

⚜

Era más fácil decirlo que hacerlo.

—¿Y *cómo* salimos de aquí? —preguntó Oliver. La enormidad de la situación lo invadía—. No soy más que un insignificante mago menor —dijo, más que nada para los cerdos, sintiendo que necesitaba disculparse, incluso si ellos no podían comprenderlo—. No puedo atraer rayos ni producir un temblor de tierra ni invocar a los espíritus para que persigan a los Bryerly.

Hizo una pausa cuando la idea se le cruzó por la mente.

—Supongo que podría invocar a uno de los espíritus elementales...

—Ya tenemos suficientes problemas como para que empieces a sangrar por la nariz —anotó el armadillo.

—Perdón...

La cola que le azotó los tobillos se sintió como un látigo.

—¡Auch!

—¡Deja de disculparte! ¡Eso no nos va a servir de nada!

—Perd... ¡qué diablos! —trató de encontrar una manera de excusarse por pedir disculpas y se dio por vencido.

—Cuando acabes con eso —dijo el armadillo—, puedes acercarte y ver si ese hechizo que sabes hacer sirve para quitar la tranca.

—Oh... ¡oh!

Tener algo útil que hacer, incluso si no implicaba lanzar rayos y centellas, hizo que Oliver se sintiera mucho mejor. Se acurrucó junto a la puerta del granero. Con los años, ambas hojas de la puerta se habían deformado y eso dejaba una pequeña abertura entre ambas, que no era suficiente para deslizar un dedo, pero sí para alcanzar a ver la tranca que mantenía la puerta cerrada.

Era un madero bastante grande y pesado. Se veían nudos en la madera, que daban la impresión de músculos abultados.

—Nunca he movido nada de ese tamaño —confesó Oliver—. No sé si seré capaz.

—Sólo hay una manera de averiguarlo —dijo el armadillo dejándose caer sobre los pies de Oliver.

Oliver asintió. Fijó la vista en el leño, murmurando "para acá, para allá", y se concentró.

La tranca se sacudió contra los soportes que la sostenían, pero no se movió.

Oliver apretó las mandíbulas e hizo más fuerza. Podía sentir la sangre que le latía dentro de la cabeza. Tenía que levantar al menos uno de los extremos del leño y sacarlo del gancho de metal que lo sostenía.

Era mucho más pesado que cualquier cosa que hubiera tratado de mover antes. Se sentía como si el leño estuviera dentro de su cabeza, un objeto grande e inamovible en medio de sus ojos. La tranca brincó entre los garfios que la soportaban, pero volvió a caer en su lugar.

—Annnnggggg...

El extremo más alejado de la tranca empezó a levantarse.

—¡Angggg...!

Algo cedió. No estaba seguro de si había sido en la madera o dentro de su cabeza. Se oyó un crujido mental fuerte, *¡pop!* Y el hechizo se rompió.

Oliver se derrumbó en el suelo y se llevó las manos a las sienes.

El armadillo le dio un breve golpecito amistoso con el hocico, y luego trotó hacia la pared para asomar la cabeza por una de las ranuras. Volvió un momento después.

—Lograste levantar la tranca, y giró en su gancho, pero volvió a caer en él. Está ahí colgada. ¿puedes intentarlo de nuevo?

—No creo que sea una buena idea — dijo Oliver. Sentía el cerebro hinchado, como si fuera una esponja roja e inflamada metida en su cráneo. No le dolía, pero se daba cuenta de que había mucho dolor acechando en el fondo—. Creo que algo se rompió.

El armadillo lo miró unos momentos.

—Mmmm. No te ves muy bien. La sangre que gotea del rabillo de tus ojos no ayuda para nada.

Oliver gimió. Esto era peor que la vez que había tratado de invocar al espíritu elemental.

—A lo mejor basta con que empujemos — dijo su animal familiar, apoyando el hombro contra la puerta.

Como la fuerza de un armadillo es insignificante, Oliver se puso de pie y fue a recostar su hombro contra la puerta. Empujaron y crujió, pero se mantuvo firme. Empujó con más fuerza, y sintió que el latido de la sangre en su cabeza comenzaba de nuevo, y oyó que la tranca se movía en el gancho.

—Calma, calma —dijo el armadillo, dándole palmaditas en la rodilla con su diminuta garra —. Lo tuyo es asunto de cerebro, no de fuerza bruta. Siéntate y descansa un momento.

—Si esperamos más de la cuenta, los Bryerly podrían volver a salir —dijo Oliver con voz débil, aunque en verdad quería sentarse y descansar.

—No vamos a esperar. Siéntate.

Oliver se dejó caer en el piso. Los libros que llevaba en la mochila se le clavaron en la espalda, pero estaba demasiado cansado para acomodarlos bien.

El armadillo trotó por los tablones llenos de polvo hacia la porqueriza. Trepó torpemente la cerca —no es que los armadillos se distingan por sus habilidades para trepar—, y movió el pasador con su hocico. La puerta se abrió con un crujido.

—¿Vas a sacar a los cerdos ahora?

—Calma, calma —dijo el armadillo.

Para él era fácil decirlo, pensó Oliver. La hembra blanquinegra era más grande que él, y el macho era un inmenso cerdo blanco y sucio, con unos colmillos como postes de cerca, y casi del doble del tamaño que la hembra. Oliver recogió sus rodillas y las abrazó, nervioso.

El armadillo caminó apresurado hacia el macho, sin mostrar ni una gota de temor, y empujó la pata del cerdo con su hocico. El cerdo lo miró desde arriba. El armadillo corrió un corto trecho, y luego se volteó a mirar al cerdo, apuntando con el hocico hacia la puerta.

No era fácil leer las emociones en esos rostros, y menos en la penumbra, pero Oliver hubiera podido jurar que el macho se veía confundido.

El armadillo repitió los movimientos... toquecito con el hocico, carrera, mirada hacia atrás. El macho arañó el suelo con su pezuña, pensativo. El armadillo lo intentó de nuevo.

El animal familiar de Oliver iba por su cuarto intento cuando la hembra blanquinegra salió de un rincón, le gruñó molesta al macho, y siguió al armadillo hasta la entrada de la porqueriza.

—Muy bien —le dijo el armadillo, y se escurrió bajo la cerca para empujar la puerta, abriéndola un poco. La cerda asomó la cabeza, y empujó la puerta para terminar de abrirla.

Cruzaron el granero, con el tímido macho a la retaguardia. Oliver descubrió que todavía tenía la fuerza necesaria para levantarse y quitarse de en medio.

Una vez que llegaron a la puerta del granero, el armadillo se acercó a la cerda. Con el hocico le empujó una pata, volteó la cabeza hacia la puerta, y se lanzó hacia ella, con las patas apalancando una embestida. La puerta crujió levemente.

La cerda gruñó pensativa y arañó el piso con sus pezuñas. Fue hacia la puerta, apoyó el hombro contra ella y empezó a empujar.

La madera dejó escapar un quejido. La cerda le gruñó al macho, que se posicionó en la otra hoja de la puerta y empujó también. El armadillo se quitó de en medio y se sentó en sus patas traseras a observar.

La madera empezó a astillarse. El macho amagó con retroceder, pero la cerda le soltó un gruñido irritado, y él se puso de nuevo a empujar.

De repente, se escuchó un chirrido de metal dolorosamente fuerte, Oliver se encogió y las puertas se abrieron.

Oliver saltó hacia delante, y vio que la tranca había resistido intacta, pero los tornillos, no. Los cerdos habían arrancado los garfios de soporte del marco de madera.

—¡Seguro oyeron ese ruido! —dijo el armadillo—. ¡Huyamos!

Los cerdos no necesitaban que los azuzaran. Apenas se abrió la puerta, salieron corriendo por el patio.

De la casa brotó un grito. Oliver vio un farol que se columpiaba ferozmente y arrojaba un chorro de claridad sobre el suelo irregular, y se le cruzó por la mente el inútil pensamiento de que era la primera luz que veía usar a los granjeros.

Oliver dio la vuelta a toda carrera para meterse detrás del granero, a salvo en la sombra, en dirección al camino, y allí se detuvo.

Los campos se veían desnudos, los cultivos descuidados apenas le llegarían a la rodilla. No había dónde esconderse en el trecho del granero al camino, a menos que pudiera alcanzar el canal de riego, que con certeza era un lugar que los Bryerly revisarían. Si escapaba hacia el camino, resultaría tan visible como un caballo en una porqueriza, y el resto sería un asunto de ver quién corría más rápido.

La cabeza le latía como una estrella reventada, y no estaba seguro de si podría recorrer ese trecho *caminando*, y menos aún, corriendo.

Sólo había un lugar en el cuál ocultarse, el único donde no lo iban a buscar.

Tenía que esconderse cerca de la casa. Los tupidos arbustos lo protegerían de la vista hasta que los Bryerly se cansaran de buscarlo, y entonces podría escabullirse más lejos antes del amanecer.

Sabía que era el lugar más lógico para esconderse, pero el estómago se le retorcía ante la idea.

Del patio le llegaron chillidos iracundos, y un grito áspero de dolor. Al parecer, el señor Bryerly había tratado de agarrar a uno de los cerdos.

Oliver corrió, siguiendo la pared trasera del granero en dirección a la casa.

Se asomó desde la esquina y vio la espalda del granjero. El señor Bryerly cojeaba tras haber perseguido a los cerdos, y llevaba el farol en alto.

Oliver dio un respingo, mordiéndose el labio, pero no le quedaba más remedio. Se deslizó a campo abierto, casi doblado sobre sí mismo, a la espera de un alarido de alarma.

Pero el alarido no llegó. Hubiera podido llorar de alivio, sin embargo, no se atrevió a detenerse. Corrió agachado, con la cabeza bien baja, hasta que la casa estuvo ante él.

Los chillidos lejanos indicaban que el señor Bryerly probablemente seguía ocupado. Oliver deseó que los cerdos lograran escapar sin consecuencias.

El lado de la casa en el cual se levantaba la chimenea era el que estaba más alejado de cualquiera de las puertas, y también el que tenía los matorrales más crecidos. Un antiquísimo arbusto de lilas se había tragado casi por completo una de las esquinas de la casa. Hacía tiempo que no daba flores, pero las hojas formaban una densa celosía de luz y sombras en el claro de luna.

—Me bastará —dijo Oliver entre dientes. Miró alrededor y no vio a nadie. Corrió para subir los tres escalones que había en el patio, y se arrojó dentro del arbusto de lilas.

Muchas ramitas le jalaban el cabello y casi se le metían en los ojos. Reptó hacia lo más recóndito del arbusto, hasta tener la espalda contra la pared de piedra de la casa, en la sombra profunda de la chimenea.

La pared estaba fría e irregular. Se sentó sobre unas piedras que parecían del tamaño de unas papas, y una ramita se clavó en su oreja.

"¿Será suficiente? No puedo adentrarme más".

Las hojas del arbusto de lila formaban un telón que se movía. Sólo podía ver el patio a pedazos, vistazos interrumpidos. Abrigaba la esperanza de que eso fuera suficiente.

Confió en que estuviera tan invisible como imaginaba, y que sus pies no asomaran.

Deseó que el armadillo estuviera a salvo.

La ramita se le metió de nuevo en la oreja.

Una mancha de luz se formó en el límite de su campo de visión. El señor Bryerly atravesó el patio caminando pesadamente. Oliver respiró por la boca, en silencio, con los nudillos apretados y blancos contra la correa de su mochila.

Si el granjero llegaba a verlo, tendría que salir corriendo de los arbustos y huir. Le quedaba su último hechizo, el tercero, que podría darle un margen de tiempo extra, pero que seguramente no bastaría.

Amarrarle los cordones de los zapatos entre sí a una persona gracias a la magia era algo que resultaba muy divertido a los seis años. Ahora parecía un desperdicio de magia… ni más ni menos.

"¡Ay, caramba! ¿Por qué no pude haber sido uno de esos niños que siempre andan prendiéndole fuego a todo?".

No es que verdaderamente *quisiera* ser un niño de seis años muy perturbado, pero tener la capacidad de prenderle fuego a los Bryerly hubiera sido mucho más *útil*.

La luz se colaba por entre las hojas, y fugazmente las convertía en vitrales verdes. OIiver cerró los ojos con toda su fuerza, para evitar que el brillo fuera a delatarlo.

La ramita se metió en su oreja una vez más.

El señor Bryerly se detuvo relativamente cerca. Oliver no se atrevía ni a abrir los ojos. Podía ver la luz como una claridad rojiza a través de sus párpados.

"Si llego a oír pisadas que vienen hacia acá, me lanzo a correr. No, no, podría ser una coincidencia, podría estar pasando por aquí, y yo quedaría como un tonto. Si dice algo, me lanzo a correr. Si oigo las pisadas y dice algo… ¿y qué tal si no dice nada?".

Tenía la preocupación de que si el granjero permanecía allí el suficiente tiempo, lo delataría el latido de su corazón.

—Nada por aquí —dijo el granjero, y Oliver se sobresaltó. La voz sonaba rara. En lugar del tono grave y las palabras anticuadas, el señor Bryerly tenía la voz aguda e irritada—. Se habrá ido hacia el camino.

—¡Pues ve tras él! —dijo la señora Bryerly. Oliver se sobresaltó de nuevo. No había ni una gota del revoloteo alegre en esa voz, pero el mayor problema no era ése, sino que, por el sonido, la granjera estaba plantada justo delante del arbusto de lilas. No la había oído acercarse.

Entreabrió los párpados para echar un vistazo. Y sí, una sombra profunda se hallaba frente al arbusto, con las manos en las caderas. Por suerte, estaba mirando en otra dirección.

A Oliver se le cruzó por la mente que probablemente, y de forma accidental, ella lo ocultaba de la vista del granjero.

—Tras... ¿Tras él...? —el farol se columpió cuando el señor Bryerly hizo un gesto y abrió los brazos—. No ves... ¿ves? —y luego una pausa prolongada, como si tuviera que recordar las palabras—. No está. No se ve. Nada en el camino.

—¿Y el olor dónde está?

—¿Olor? —el granjero soltó un chillido agudo de frustración. No era un sonido humano. Oliver se mordió el labio inferior—. No huelo nada distinto de cerdo y pierna. Demasiada sangre. Me da... hambre...

—¡Inútil! ¿Y vas a permitir que se escape?

—¿Permitir que se escape? No, no permitir. ¡No lo voy a permitir! ¿Lo ves? No está.

La señora Bryerly hizo un sonido que Oliver jamás había oído que produjera una garganta humana, algo entre gruñido y gorgoteo, como si fuera un lobo hambriento en el fondo de un largo tubo de desagüe. Se apretó contra la pared de piedra, como si quisiera desaparecer en ella.

El extremo de la ramita se le había alojado en una de las curvas carnosas de la oreja y allí se le enterraba profundamente.

—Debimos... debimos hacerlo dormir... —gruñó el señor Bryerly.

—¡Qué tonto! —reviró la señora Bryerly—. ¿Drogar a un mago, y con su animal familiar vigilándolo? Se hubiera dado cuenta, y entonces nos habríamos metido en problemas de verdad.

—Se fue. Los cerdos también —gruñó el granjero—. Será una larga espera hasta el siguiente. Larga espera... y hambrienta...

—¿Espera? ¿En verdad prefieres tragarte un puñado de ajenjo, entonces? El mago le contará a todo el mundo y estarán aquí antes de lo que te tardarías en despellejar a un cerdo.

En su escondite, a Oliver el corazón se le encogió.

"¿En verdad prefieres tragarte un puñado de ajenjo, entonces?".

La *Enciclopedia de la magia cotidiana* se le clavaba en la espalda, pero no le hacía falta abrirla. Podía ver en su mente la página en cuestión, el texto muy claro en negro, la pequeña ilustración en tinta al lado.

Los ghules, también conocidos como ghoules, son criaturas caníbales que se alimentan de cadáveres. Es probable que alguna vez hubieran sido humanas, pero nadie sabe bien cómo se crean los ghules. Al parecer, la mordida de un ghul no transmite el hechizo, pero quienes viven entre estas criaturas a menudo se acaban transformando también en ghules, con lo cual las investigaciones se han visto limitadas.

Un ghul puede hacerse pasar por humano con facilidad y de manera convincente, durante periodos breves de tiempo. Sin embargo, tal parece que implica un esfuerzo y la ilusión nunca llega a ser perfecta. Por lo general, tienen manos grandes, con nudillos enrojecidos, piel atípica, a veces sus dientes son puntiagudos y, por supuesto, sufren de un hambre insaciable de carne humana.

Un ghul es capaz de recuperarse de heridas graves, pero puede matarse con métodos tradicionales (fuego, ahogamiento, desmembramiento) o por medio de la hierba conocida como ajenjo que, al introducírsele en la boca, lo destruye casi al instante.

Los Bryerly eran ghules.

"Soy un idiota", pensó Oliver, llevándose las manos a la frente. "Debí darme cuenta. Los nudillos de la señora eran descomunales y la piel del señor era horrible. Seguramente se estuvieron comiendo a los cerdos cuando ya no pudieron encontrar más gente. Y no encendieron un fuego mayor que un farol diminuto".

Le habían temido al hecho de que él fuera mago y por eso no lo habían atacado directamente. Oliver se hubiera reído del asunto, si no fuera tan absurdo. De *haberlo* atacado, él habría podido atarles los cordones de los zapatos entre sí durante unos segundos, ¿y luego qué? ¿Les habría arrojado el armadillo?

Era un mago muy menor, muy insignificante. Nunca se había sentido tan menor, tan poca cosa, como en ese momento, atrapado bajo un arbusto mientras un par de monstruos discutían apenas a un par de pasos de distancia.

Deseó que su madre estuviera allí. Nunca había apreciado lo suficiente sus cualidades. Ella habría bajado la espada que mantenían encima de la puerta, para luego destazar a los ghules hasta convertirlos en trocitos muy pequeños.

Incluso le hubiera alegrado ver a su hermana. Ella carecía de la destreza de su madre para provocar un caos, pero tendría a los cerdos alineados en filas, como formación militar, y en marcha hacia la casa.

La ramita le estaba perforando la oreja. A ese paso, si es que llegaba a volver a casa, sería capaz de ponerse un arete del tamaño de un plato.

—¿Y qué vamos a comer, entonces? —preguntó el señor Bryerly, el ghul. En su voz se percibía una clara nota lloriqueante—. No tenemos cerdos ni niño, y ni siquiera ese animal familiar, esa especie de rata con escamas. ¿Qué vamos a *comer*?

—¡Te comeremos a ti, si no te callas! —lo interrumpió la señora Bryerly—. Véndate esa pierna, o yo misma le arrancaré un trozo de un mordisco.

—Pero…

La sombra que había frente al arbusto se movió. Se oyó un fuerte golpe de carne sobre carne. El señor Bryerly sollozó.

—¡Cállate! —lo regañó el ghul—. Ya pensaremos en algo —se dio vuelta para alejarse a grandes pasos rápidos.

—No hacía falta que me pegaras —murmuró el otro, molesto. Siguió al primero, arrastrando los pies. La luz se fue junto con él, y Oliver quedó en la oscuridad.

Exhaló. Sabía que no era posible que hubiera contenido la respiración todo ese tiempo, pero se sentía tal cual.

Oyó que las pisadas se iban alejando y desvaneciendo, y la puerta de la casa se cerró. Desde dentro, le llegaron voces amortiguadas, y luego callaron.

Y eso fue todo.

Oliver alargó el brazo y se arrancó la ramita que se le clavaba en la oreja.

Tendría que esperar al menos unos cuantos minutos más antes de cruzar los campos. Sentía mucho frío, pero no podía hacer ruido. Tenía que esperar hasta estar seguro de que los Bryerly no saldrían nuevamente a buscarlo.

Tratando de pasar lo más desapercibido posible, acomodó su mochila para que los libros no se le clavaran en la espalda. Cada crujido de tela o cuero sonaba como un cañonazo a sus oídos, pero nadie apareció para buscarlo.

Tenía que esperar.

En verdad, tenía que esperar.

Se preguntó cuánto tiempo llevaba esperando.

El miedo era una mala cosa y, sumado al aburrimiento, se convertía en algo casi insoportable. Probó a contar las veces que respiraba, los latidos de su corazón, hojas de lila, y estrellas. Se preguntó si ya habría transcurrido suficiente tiempo. Le parecía que habían pasado horas enteras, pero la luna a duras penas había avanzado en su ruta por el firmamento.

Algo le tocó el muslo. Oliver sofocó un grito, pero se le escapó un chillido débil.

Era el armadillo. Su animal familiar se quedó inmóvil, volteando las orejas hacia todos lados, pero en la casa nada se agitó.

—Lo lograste —susurró Oliver en voz tan baja que difícilmente se oyó.

El armadillo asintió. Miró alrededor, y tomó la pernera de los pantalones de Oliver entre sus dientes para tirar de ella. Oliver se inclinó hacia delante, y el armadillo soltó la tela pero le hizo un ademán con la cabeza, señalando el camino.

Oliver asintió. "Seré un insignificante mago menor, pero al menos soy más rápido que el cerdo para aprovechar las oportunidades".

Salió a gatas del arbusto, atravesó el patio corriendo, y trepó por encima de la cerca de piedra. El armadillo lo siguió, trepando en la cerca, y luego bajó por la espalda de Oliver como si fuera una escalera.

Corrieron a lo largo de la pared hasta volver al granero. En el lado más alejado, con el edificio del granero ocultándolos de la vista desde la casa, Oliver hizo un alto.

—¡No te detengas! —murmuró el armadillo—. Si en verdad son granjeros, estarán levantados al amanecer.

—No son granjeros —contestó Oliver—, son ghules. No creo que se levanten al amanecer.

El armadillo hizo una pausa.

—¿Ghules? —rasqueteó el suelo con sus garras—. No pensé que… No aquí… ¿Estás seguro?

—Hablaron de comerme, y de tragarse un puñado de ajenjo.

—Ghules. Bueno. Eso tiene lógica. Se comen el ganado si no pueden conseguir un humano. ¡Larguémonos de aquí!

Oliver se sintió demasiado expuesto una vez que dejaron la sombra del granero, que sólo bloquearía la vista desde la casa a lo largo de unos cientos de pasos. Mucho antes de llegar al camino, ya iban a toda prisa bajo la mirada siniestra de esas ventanas oscuras. Si los ghules llegaban a asomarse, los verían.

Sentía que le hormigueaba la piel de la espalda.

—Todo va bien —dijo el armadillo con calma—, nadie nos persigue.

—Perdón —contestó Oliver—, es que…

—Ya sé —el armadillo detuvo su carrera apenas lo suficiente para apretarse contra su espinilla, como un gesto de consuelo—. Lo hiciste bien. Esconderse junto a la casa fue una buena idea… revisaron el granero con bastante detalle. Cuando no te vieron en el camino, el hombre pensó que te habías hecho invisible.

—*Ojalá* —la invisibilidad implicaba un hechizo tremendamente difícil. Oliver ni siquiera podía leer bien la mitad de las palabras de la introducción, y menos aún el hechizo en sí—. ¿Y los cerdos lograron escapar?

—Creo que sí. El macho le arrancó un pedazo de pierna al señor Bryerly. Suponiendo que ese ghul antes *haya sido* alguien con ese nombre, y no cualquiera de esas criaturas haciéndose pasar por el granjero.

—Yo creo que sólo se hacía pasar por el granjero Bryerly —siguió Oliver, y de nuevo miró hacia atrás—. Creo que cualquier granjero se acordaría de cuántas vacas tenía, incluso si llegara a convertirse en ghul.

—Mmmm —opinó el armadillo—. Tal vez tengas razón.

Oliver tragó en seco.

—¿Y qué crees que les haya sucedido a los Bryerly?

—Más vale no pensar en eso. Aquí está el canal.

Habían llegado al canal que corría junto al camino. Oliver bajó por la pendiente cuajada de maleza. No había llovido en meses, pero el fondo seguía cubierto de tallos verdes.

Llegó abajo y se dejó caer en el suelo.

—Deberíamos seguir —recomendó el armadillo.

—Ya sé —contestó Oliver con voz ronca—. Perdón, me levantaré en un minuto.

—Mmmm —el armadillo se acercó, y se echó sobre los pies de Oliver.

Ahí se sentía a salvo Oliver, a pesar de la dudosa seguridad que podía darle ese canal de riego. Aunque fuera ilógico, ahora que ya no se sentía tan amenazado, el miedo había salido del último rincón del cerebro y lo había alcanzado. Se le formó un nudo en la garganta.

No podía estallar en llanto —al menos no con los ghules tan cerca, a pesar de que no habían podido comérselo—, pero sintió unas cuantas lágrimas rodando por la cara, escasas y calientes. Era como si fuera un niño y no alguien que se hubiera enfrentado valientemente a un par de ghules sedientos de sangre.

Antes, en la aldea, había sentido tal confianza de que podría hacer todo esto. Le había preocupado si llevar un par adicional de *calcetines*, como si eso tuviera importancia en un mundo en el que habitaban monstruos caníbales.

Le había molestado tanto la gente de la aldea, no porque lo obligaran a partir hacia la sierra, sino porque no le agradecieran lo suficiente el hecho de que estaba planeando ir *a pesar de todo*.

"No voy a lograrlo", pensó desanimado. "Por eso mi mamá no me habría dejado ir. Ella sabía cómo serían las cosas".

Apenas llevaba dos días de viaje. ¿Cómo conseguiría llegar hasta la Sierra de la Lluvia? Era un mago demasiado insignificante. El armadillo lo había salvado, y los cerdos. Pero la próxima vez era posible que no hubiera cerdos, o que el enemigo no fuera tan tonto.

Se cubrió la cabeza con los brazos y pensó en su madre con mucha añoranza, cosa que sólo lo hacía sentir más infantil y desesperado. Un mago de verdad jamás estaría acurrucado en un canal, pensando en su mamá.

(Al menos en esto, Oliver estaba muy equivocado: muchos magos a lo largo de la historia, algunos muy poderosos, se han llegado a ver acurrucados en canales y zanjas, encomendándose desesperadamente a sus madres. Pero suelen omitir esa parte en sus memorias).

El armadillo se apoyó contra él. Oliver estiró el brazo sin mirar, y rascó tras las orejas de su animal familiar. El gesto era tan normal, tan cotidiano, que le ayudó a recomponerse. A la inhalación siguiente, el aire ya no se le quedó atascado en el nudo de la garganta, y se limpió la cara con la manga, secando las lágrimas y la sangre.

Tal vez él no podría llegar hasta la Sierra de la Lluvia. Tal vez era un sueño imposible.

Pero ahora, en ese momento, se sentía capaz de levantarse.

—Muy bien —dijo, poniéndose de pie—, muy bien, vámonos.

Las siguientes horas fueron muy extrañas.

El canal de irrigación tenía unos cinco codos de profundidad y las malezas que crecían en los bordes se levantaban otro palmo, así que Oliver podía caminar erguido y mantenerse fuera de la vista sin tener que encorvarse. La luna se estaba hundiendo, pero el aire tenía esa extraña claridad que tienen las noches de verano, y en el fondo del canal había vegetación tupida, pero no excesivamente alta, con cola de caballo y milenrama en flor en lugar de zarzas. Así que no era difícil caminar, bastaba con ir poniendo un pie frente al otro y mantener la vista en la figura menuda del armadillo que corría frente a él. A veces su animal familiar se perdía entre las sombras, pero los tallos y hierbas se movían a su alrededor, y una estela blanca de florecillas se abría como espuma a su paso. Oliver podía seguirlo con facilidad.

Eso era bueno, porque el joven mago estaba quedándose prácticamente dormido en pie.

Había sido un día largo, y una noche aún más larga y aterradora. Había dejado de dolerle la cabeza, pero sentía una especie de presión sorda, como si el cerebro se le hubiera hinchado y empujara desde dentro los huesos de su cráneo.

Transcurrida una hora más o menos, ya no sabía si estaba realmente despierto. Era más bien como estar en un sueño en el que caminaba y caminaba, un sueño que entretejía el roce de las hojas contra las perneras de sus pantalones, las pisadas tenues del armadillo, el canto distante de las aves nocturnas y el zumbido hipnótico de los grillos. No parecía ser algo que estuviera sucediendo en verdad. Era un sueño, con certeza. No había ningún canal, ni plantas, ni ghules lejanos. No había armadillo, ni nadie llamado Oliver. Seguramente, él estaba en otra parte, era otra persona, y esto no era más que un sueño, una fugaz fantasía de un muy insignificante mago menor.

Más adelante se le ocurrió que era como aquella vez en que tenía ocho años y había padecido fiebre muy alta. Se encontraba tan cansado y tan mal que no podía mantenerse despierto ni dormir en verdad, y había caído en un largo duermevela que a ratos cruzaba el límite del reino de las alucinaciones. La casa y la cama y todo lo que él reconocía como "Oliver" había desaparecido. Lo que quedaba de él pendía inmóvil en un mundo raro y confuso en el que sentía que se congelaba y luego ardía para enseguida congelarse y arder de nuevo.

Había pasado un buen tiempo antes de que la fiebre cediera.

Y ahora, esto era como en ese entonces. Caminaba y soñaba, ni dormido ni despierto. Durante un rato pensó que los ghules iban a su lado, o eso le parecía, al menos, pero cuando se despejó un poco y miró a ambos lados, sólo vio los bordes del canal. Poco después buscó a su madre de la misma manera, pero ese sueño o visión se desmenuzó para perderse entre las hojas los tallos y las hierbas marchitas.

No tenía idea de cuánto tiempo llevaba caminando. A lo mejor siempre había estado caminando. Tal vez todas las demás personas del mundo habían muerto de viejas, y él seguía caminando.

El fondo del canal empezó a inclinarse. Oliver se ladeó, pero logró recobrar el equilibrio. La sensación de los pasos vacilantes sobre las piedras lo despertó un poco de su duermevela.

—¿Mmmm? ¿Qu...?

—Aquí —dijo el armadillo—, aquí arriba.

El canal desembocaba en un riachuelo. Un puente bajo cruzaba el camino. Oliver avanzó a trompicones hacia él.

—¿Ghules? —preguntó. Ya no estaba seguro de lo que significaba esa palabra. Sólo sabía que era importante.

—Recuéstate aquí — dijo el armadillo, señalando con su cola y una de sus patas —. Debajo del puente, más allá de estas plantas.

Las plantas eran de un tono verde plateado con hojas pequeñas y dentadas en largos tallos. Las flores azules brotaban en racimos verticales, y se veían pálidas a la luz de la luna. Cuando Oliver pasó a través de ellas, un olor denso, como a polvo, lo envolvió.

—Hierba gatera —se dijo, o a lo mejor se lo dijo a las plantas o al armadillo.

—Servirá para esconder tu olor. Anda.

Oliver se hincó. El impacto de sus palmas contra la tierra tardó bastante en transmitirse por sus brazos hacia su columna.

—Estoy cansado —le dijo al armadillo.

—Deberías dormir.

Oliver no necesitaba más indicaciones que ésa. Cayó dormido.

෴

Unas horas antes del amanecer, el armadillo se echó entre los arbustos de hierba gatera, vigilando. La luz de la luna iluminaba los campos y convertía el camino en una cinta del color del hueso.

Una silueta se acercaba corriendo. Tenía la figura de un hombre, pero no corría como hombre. Mantenía los brazos rectos a los lados, los nudillos grandes y rojos, los dedos abriéndose y cerrándose cual tijeras al avanzar.

El armadillo no se movió, ni siquiera parpadeó. Hubiera podido ser un montoncito de piedras lisas. Sólo sus ojos se movían, imperceptiblemente, siguiendo la trayectoria del ghul en su carrera.

El ghul ni siquiera hizo un alto en el puente. El denso aroma de la hierba gatera flotaba en el aire de la noche y eclipsaba el olor del niño, o el del armadillo, leve y correoso. Cruzó el puente, con pasos sonoros, y siguió más allá.

Oliver, ajeno al mundo, ni siquiera pestañeó al paso del ghul. Tampoco despertó poco antes del amanecer, cuando el ghul pasó de regreso a trompicones, apresurado y temeroso de que la luz del día lo alcanzara todavía en el camino.

El armadillo siempre se había sentido agradecido de que Oliver no roncara. Pero su vida nunca había dependido precisamente de eso.

Esperó a que el polvo que había levantado el ghul a su paso se asentara, y luego extendió una pata con cuidado y se mordisqueó pensativo la garra.

El campo necesitaba lluvia. La sequía había sido fuerte si los ghules estaban saliendo y devorando granjeros, y pasaban desapercibidos.

Había pensado en guiar a Oliver en un arco amplio para llevarlo con su madre en Whishinghall. la Sierra de la Lluvia no era un lugar adecuado para un niño, ni siquiera para un niño mago.

Pero era indispensable acabar con la sequía. Las cosas eran peores de lo que había pensado. No parecía probable que Oliver fuera capaz de lograrlo, pero tal vez todos los magos generaban esa misma incertidumbre. Alguien debía intentarlo.

El sol se levantó, ardiente e inclemente. El polvo centelleó a la luz. El armadillo suspiró y se puso en pie.

—Vamos —dijo, empujando a Oliver con su hocico—. Es hora de seguir.

❧ 4 ❧

ba a ser otro día largo y caluroso. El cielo era de un azul inclemente. En el canal, los grillos cantaban. Debería haber también ranas, pero Oliver sólo había oído una que hacía un ruido como *criiiic-craaac*, como los goznes rotos de una puerta. Daba la impresión de que se sentía sola.

—Bueno —empezó Oliver, caminando pesadamente—, al menos logramos escapar de los ghules.

Lo dijo en voz alta, en parte para oír su propia voz por encima de los grillos, y en parte con la esperanza de que el armadillo estuviera de acuerdo con él. Al enterarse de que el ghul había cruzado el puente durante la noche, se había sentido mal, mareado más que aterrorizado.

El armadillo no dijo nada.

—Seguramente no nos van a seguir —siguió Oliver—. Ya tienen su lugar en la granja, y no van a correr el riesgo de abandonarlo...

El armadillo no dijo nada. Su cola dejaba un rastro serpenteante en el polvo del camino.

—¿Armadillo?

Su animal familiar se detuvo y volteó la cabeza para mirarlo a los ojos.

—Oh, Dios —exclamó Oliver, y sintió que se le hacía un nudo en el estómago—: nos vienen siguiendo, ¿cierto?

—No lo sé —contestó el armadillo—. Pero creo que lo harán. Ahora que se fueron los cerdos, no les queda nada para comer en la granja, y tú sabes que ellos están ahí y podrías alertar a todo el mundo. Hay muchas razones por las cuales querrían perseguirte y muy pocas para no hacerlo.

—¿Deberíamos salir del camino? ¿Tratar de escondernos?

—Todavía no —el armadillo miró de nuevo hacia delante y retomó la marcha con sus patas cortas—. Tenemos más probabilidades de toparnos con alguien en el camino. Seguramente, no van a atacar a un grupo. Y no van a movilizarse antes de que caiga la noche. A plena luz del día, no pasan desapercibidos.

Oliver se mordió el labio.

—Además —continuó el armadillo, acelerando el paso—, éste es el único camino a la Sierra de la Lluvia del que yo sé. Si lo dejamos, corremos el riesgo de extraviarnos.

—¿Y qué tal si no encontramos a nadie antes de que caiga la noche? —preguntó Oliver.

—Dormiremos un poco alejados del camino. Esta noche no podremos encender una fogata.

—En todo caso, hay poco o nada qué cocinar —dijo Oliver sin expectativas, y siguió al armadillo por el camino.

Hacia el mediodía, Oliver había hecho un descubrimiento. Si sostenía ante sí su tomo de la *Enciclopedia de la magia cotidiana*, y miraba hacia el frente cada pocos segundos, el camino era lo suficientemente plano y recto para permitirle leer y caminar al mismo tiempo.

Leyó la entrada sobre los ghules unas cinco o seis veces, con la esperanza de hallar algo más de información entre líneas, y pensando que si leía el artículo lo suficiente, ésta surgiría en la página.

Pero nada se materializó. "¡Qué tontería!", pensó Oliver.

¿De qué servía un artículo tan breve? ¿Por qué no decía lo que en verdad se necesitaba saber, como qué tan lejos lo seguiría a uno un ghul o si le tenían apego a su territorio? La entrada sobre los unicornios era el doble de larga, ¿y eso a quién le resultaba útil? Los unicornios eran muy cobardes y sólo representaban un peligro cuando se reunían en manadas. De vez en cuando alguno aparecía alrededor del vertedero de basura de la aldea, pero huía si uno le gritaba. Y a pesar de todo, ahí estaban, seis párrafos enteros, y mientras tanto, él no había logrado averiguar nada más sobre los ghules de lo que sabía una hora antes.

Oliver suspiró. Habían llegado a otro puente. El armadillo corrió por la orilla hasta el agua y Oliver se puso el libro bajo el brazo y lo siguió.

El agua estaba tibia y polvorienta, pero era mejor que nada. Oliver llenó su cantimplora nuevamente.

Después, en lugar de releer la inútil entrada sobre los ghules, buscó hechizos. Lo que en verdad le hubiera servido la noche anterior habría sido ser invisible, aunque fuera por poco tiempo. Había un hechizo para conseguirlo. Era complicado, pero en ese preciso momento no tenía nada más que hacer.

—Hexus —leyó en voz baja—. Hexus el-ashin invisio…

—¿Qué es eso? —preguntó el armadillo con sequedad, girando la cabeza para mirarlo—. ¿Qué estás tramando?

—Trato de volverme invisible —respondió Oliver—. Si pudiera hacer que el hechizo de invisibilidad funcionara, no tendría que huir de los ghules.

El armadillo resopló.

—No podrás hacer ese hechizo.

—¿Y cómo lo sabes? —exclamó Oliver—. Te apuesto a que sí. Sólo se necesitan esporas de helechos y palabras mágicas, todo es muy sencillo. Puedo conseguir las esporas en el bosque. Así las tendré, y si se llegan a aparecer los ghules...

El armadillo negó con la cabeza.

—El viejo mago no pudo hacer funcionar ese hechizo ni cuando estaba en su plenitud. Pierdes tu tiempo.

Oliver apretó los dientes.

—Puedo aprender lo que hay que decir.

—Puedes hacerlo —admitió el armadillo—, pero no tienes los poderes. Aún no. Tal vez cuando seas mayor.

"Tal vez cuando seas mayor". Oliver protestó en silencio. Ojalá la gente se pusiera de acuerdo de una buena vez. Era demasiado pequeño para aprender hechizos poderosos pero, al parecer, lo suficientemente mayor para que lo mandaran por su cuenta a traer las lluvias desde más allá del bosque maldito.

—No es justo —se quejó.

—¿Qué dices? —preguntó el armadillo—. Mira, existen otros hechizos. Son más pequeños, pero pueden resultar de utilidad. Podrías buscar uno para encubrir tu olor. O para hacerte ver como un árbol, digamos.

—Vaya, ¡qué útil! —murmuró el niño—. Voy huyendo de los ghules y de pronto, abracadabra, ¡se aparece un árbol en el camino! Tendrían que ser muy brutos para no sospechar algo.

El armadillo resopló.

—Estoy cansado de ser un insignificante mago menor —protestó Oliver.

—Que seas un mago menor no quiere decir que seas inútil —explicó el armadillo—. ¿Te acuerdas del chico de los Jenson?

Oliver se mordió el labio. El chico de los Jenson tenía siete años y había estado tratando de aprender a trepar a los árboles. Escogió uno cubierto de hiedra venenosa y no se dio cuenta. Al trepar se frotó los ojos y se limpió la nariz, y cuando comenzó la erupción en la piel, ambos ojos se le cerraron con la hinchazón y la nariz se le bloqueó, y terminó tendido en una cama, sollozando tristemente, mientras su madre le sujetaba las manos para evitar que se arrancara la piel de tanto rascarse.

Remediar los efectos de la hiedra venenosa no era difícil. Oliver había llegado de inmediato a preparar el antídoto con las hierbas. Lo había hecho dos veces, por si acaso, y tal como se esperaba, en menos de una hora, la hinchazón se había reducido y el chico logró abrir los ojos y respirar de nuevo. La madre abrazó a Oliver, al borde del llanto. Era una mujer alta y huesuda, y apoyó su cara sobre la cabeza de Oliver y lo besó en el cabello. Él sintió una mezcla de emociones: estaba conmovido por su gratitud y desesperadamente incómodo. Tanta emotividad le daba la sensación de que podía ver el interior de las personas, y no quería saber tanto de ellas.

Obviamente, le alegraba haber podido ayudar con algo tan insignificante. Curaba los efectos de la hiedra venenosa con frecuencia, y nunca cobraba por hacerlo, porque no le hubiera deseado ese tipo de comezón ni a su peor enemigo. Pero hubiera preferido ser capaz de hacerse invisible o de arrojar rayos y centellas. Cualquier cosa que fuera impresionante y que no dejara a las personas llorando y queriendo darle un abrazo.

Siguieron caminando. Oliver trataba de fijarse en la memoria las palabras del hechizo de invisibilidad. El armadillo era más joven que él, y no siempre tenía la razón.

❧ 5 ❧

Llegar al bosque de Harkhound no les tomó tanto tiempo como el armadillo había pensado. Tal vez su madre no recordaba bien el camino, o a lo mejor el bosque había avanzado hacia ellos. Llevaban apenas cuatro días desde la aldea cuando una franja de azul más oscuro apareció en el horizonte.

El armadillo levantó una pata y señaló:

—Harkhound —dijo.

—Se ve grande ese bosque —exclamó Oliver, contemplando la extensión de color azul oscuro. Iba hasta donde alcanzaba la vista hacia el sur, y la mayor parte del camino hacia el norte. Los picos nevados de la Sierra de la Lluvia, que desde la aldea se alcanzaban a distinguir en los días de cielo despejado, parecían flotar por encima de las copas de los árboles.

—*Es* muy grande —el armadillo empezó a andar de nuevo—. Me dará gusto llegar allá —dijo, por encima del hombro.

—¿Y crees que encontraremos comida? —sus raciones eran cada vez más escasas. Oliver había tenido que rebuscar lo que hubiera en los canales, pero la sequía había marchitado casi todo. Llevaba un rato mascando acedera, que tenía un agradable sabor ácido, pero si uno comía demasiada se ponía mal del estómago.

Había tenido la esperanza de que hubiera granjas, pero no había sido así. Más bien, *sí* había granjas, pero estaban todas desiertas.

Era desconcertante. El suelo se veía reseco y cuarteado, pero eso era cosa de este verano, ¿cierto? No debería ser tiempo suficiente como para que la gente se *fuera*. Oliver conocía granjeros, había crecido entre ellos, y sentían apego por la tierra, igual que los magos sentían apego por sus animales familiares. Era la tierra la que le daba un sentido a su vida.

Los campos se veían sin cultivar. Había matorrales bajos y dispersos aquí y allá, y en otros puntos el suelo se veía desnudo. Las casas de las granjas parecían calabazas huecas con las puertas y ventanas abiertas de par en par, como si fueran ojos y boca.

—¿Qué sucedió aquí? —preguntó Oliver—. Nos habríamos enterado si fuera una plaga, ¿verdad?

—¿Sí? —contestó el armadillo. Hizo una pausa y se sentó en sus cuartos traseros—. Nadie va a la Sierra de la Lluvia ni al bosque de Harkhound, ¿cierto?

Oliver lo pensó un poco. Todo el mundo decía que la Sierra de la Lluvia era un lugar extraño y peligroso, y por eso enviar allá a un mago era algo tan extraordinario. Pensándolo mejor, todo el mundo en Loosestrife viajaba al norte y al este y al sur, pero nadie se adentraba hacia el oeste. Había una franja de huertos y arboledas y, después, unos campos de cultivo, pero no sabía de ningún granjero que viviera a más de un día de camino hacia el oeste.

—Supongo que no —reconoció. Se sintió molesto consigo mismo por no haber notado esa particularidad y por nunca haber preguntado qué había hacia el oeste. Siempre había pensado que serían campos de cultivo o de ganado como los que él conocía.

"Sólo un niño pensaría así. Debí haber sido más listo. Soy un mago, aunque tenga apenas doce años".

Siguieron andando y pasaron junto a otras edificaciones. Había una que bien podía haber sido un granero, pero que se había derrumbado sobre sus cimientos. Algunas de las casas parecían abandonadas desde hace mucho, mucho tiempo.

—¿Entramos en alguna de ellas? Tal vez podríamos encontrar comida —propuso Oliver.

—También podríamos encontrar más ghules —contestó el armadillo, al trote—, o incluso algo peor.

—¿*Existen* cosas peores que los ghules?

El armadillo lo miró fugazmente, con ironía, por encima del hombro.

—Has leído ese libro que tienes. ¿Acaso no lo sabes ya?

—Sí —reconoció Oliver—, sólo que no pensé que anduvieran por *aquí*, ¿sabes?

Seguía siendo una forma de pensar típica de niño, y él lo sabía. Avanzó con la cabeza gacha, sintiendo que el estómago le gruñía.

Había arrancado unas hojas de una col que crecía junto al camino. Se sentía algo culpable por haberlo hecho, aunque se notaba que era silvestre y que sólo iban a ser útiles las semillas. La granja que se veía a lo lejos había perdido el techo y la mayor parte de la planta alta, así que no era como si alguien fuera a echar de menos esa col.

Y no era precisamente un robo. Si llegaban a pasar por una granja habitada, con cultivos de maíz o de berenjena, no iba a ser capaz de contenerse, y eso *sí* sería un robo.

"Pero si pasamos por una granja habitada, podré pagar por la comida. Y a lo mejor me sabrán explicar lo que pasó aquí".

—Una vez que lleguemos al bosque, podremos salirnos del camino —dijo el armadillo.

—¿Salirnos del camino principal? —Oliver estaba sorprendido. El camino se había convertido en todo su mundo en los últimos cuatro días, limitado por vallas y canales de riego—. ¿Para qué? ¿No habías dicho que correríamos el riesgo de extraviarnos?

—Así es —afirmó el armadillo—. Pero lo cierto es que hay algo que nos está siguiendo.

—¿Qué? —Oliver volvió la cabeza para mirar hacia atrás y no vio más que el polvo que habían levantado al pasar, asentándose lentamente. Se le hizo un nudo en el estómago. La hoja de acedera que iba mascando de pronto le supo agria—. ¿Los ghules?

—Muy probablemente —dijo el armadillo—. No los he visto desde la primera noche, pero estoy casi seguro. Yo tenía la esperanza de que encontráramos más personas, y por eso pensé que debíamos mantenernos en el camino lo más posible, y no es que haya mucho dónde ocultarse en estos campos, pero...

Calló. Oliver asintió muy serio. El camino estaba desierto. Y no tenían muchas posibilidades de toparse con nadie en el bosque, lo cual quería decir que si los ghules los estaban persiguiendo, no tendrían a quién pedirle ayuda.

Empezó a leer nuevamente sobre invisibilidad. Cuando levantó la vista otra vez, la franja azul en el horizonte se había vuelto casi imperceptiblemente más grande.

Llegaron al límite del bosque hacia mediodía. El contraste no podía ser más evidente. De un lado, los campos sin cultivar, resecos al sol. Del otro, el bosque proyectaba la sombra de su follaje sobre el camino.

Los surcos de las ruedas de las carretas se habían desvanecido del camino hacía ya un buen trecho, en la última granja. La amplia calzada se hacía más estrecha, salpicada de verde, pero no del todo invadida de maleza. Incluso aquí, la sequía había llegado con sus pardos tentáculos. Las espigas secas cascabeleaban en el camino, y los grillos cantaban una canción marchita. Pero había verdor bajo los árboles. Las hojas se veían mustias, pero no secas ni enrolladas.

La tierra bajo los pies de Oliver estaba compacta y endurecida, y la vegetación no la había colonizado.

—Es un camino antiguo —explicó el armadillo cuando Oliver trató de enterrar la punta de su zapato—. Hubo una época en la que la gente viajaba a la Sierra de la Lluvia con más regularidad.

—¿Y por qué dejaron de hacerlo? —preguntó Oliver.

El armadillo lo miró pensativo.

—Ésa es una buena pregunta, ¿no te parece?

—Y supongo que no sabes la respuesta.

—No —contestó el armadillo, y avanzó a la zona sombreada por los árboles. El lomo acorazado quedó moteado de luz—. Quizá lo averiguemos.

Había algo cierto, pensó Oliver unos momentos después: el bosque de Harkhound se sentía palpitante de *vida*.

En los campos habían visto pájaros, posados en tallos de cardos, o que cantaban de vez en cuando desde los postes de las vallas. En el bosque había muchos más. Oliver los veía, y también los oía: pequeños trepadores cafés que corrían tronco arriba y trepadores azules con su franja oscura sobre los ojos, tronco abajo. En lo alto del ramaje, los vireos cantaban su monótona tonada: "Aquí toy, ¿onde tás?; Aquí toy, ¿onde tás?".

El camino pasó a ser una alfombra de agujas de pino, bordeadas por agrimonias. Una hiedra venenosa serpenteaba por un tronco junto al camino. El árbol se veía cubierto de raíces como patas de ciempiés, y Oliver se apartó hasta el otro lado para evitar rozarlo. (Podía curar los efectos de la hiedra venenosa, casi todos, con hierbas y un par de palabras mágicas, como lo había hecho con el chico de los Jenson, pero era un mal incómodo y doloroso, y no llevaba todas las hierbas consigo).

Un gorgoteo a lo lejos le indicó que habría un riachuelo. Enderezó la cabeza al reconocer el sonido. Tener agua corriente y no estancada en un canal le parecía un lujo inesperado. Le encantaría lavarse las manos, y tal vez también su ropa. Llevaba puestos los mismos pantalones desde que había salido de la aldea, y estaban tan tiesos de sudor y polvo que se oía un crujido cada vez que doblaba las rodillas.

El armadillo se dirigió al riachuelo sin rodeos. Tenían que salirse del camino, pero cualquier temor que Oliver hubiera podido sentir (con ghules o sin ellos) desapareció a la vista del agua.

Era un riachuelo de bosque como sacado de un cuadro… el agua oscura y moteada de luz, con espuma plateada en los tramos con piedras. Dejó su mochila en la orilla abundante en vegetación.

—¿Es seguro beber? —preguntó, relamiéndose los labios.

El armadillo alzó la cabeza y olfateó.

—No hay espíritus extraños. Pero claro, está *él*.

Oliver siguió la dirección en la que apuntaba la nariz de su animal familiar y dejó escapar un chillido.

El joven sentado en una piedra parecía tan sorprendido como él.

Por un lado, Oliver no esperaba encontrar a nadie por allí, y menos en ese bosque de mal agüero. Y si había esperado toparse con *alguien*, no sería con ese desaliñado adolescente de piel morena con la barba rala y cicatrices de acné en la frente, cargando con un maltrecho y viejo laúd.

Por otro lado, porque el joven que habían encontrado era un mago.

No era un gran mago, de eso estaba seguro, y quizá ni siquiera del nivel de Oliver, pero una de las cosas que uno iba aprendiendo era a ver la magia en otra persona. Había un toque de color que los rodeaba, una línea brillante en su contorno. El maestro de Oliver lo había llamado aura. La de su maestro resplandecía, sin duda. La del joven no era gran cosa, pero algo era algo.

—¡Eres un mago! —dijo Oliver.

—*No* es cierto —contestó apesadumbrado—. No lo soy en realidad.

El armadillo azotó la espinilla de Oliver con su cola, y murmuró algo sobre los buenos modales.

—Disculpa —dijo Oliver apenado—. Yo... mmmm... no esperaba encontrar a nadie por aquí. Mmmm. ¡Hola! Me llamo Oliver.

Y le tendió la mano. El joven la miró con tristeza y luego tendió la suya.

—Me llamo Trebastion.

—Qué nombre más extraño —opinó Oliver.

—Ya lo sé —dijo el otro, contrariado. Miró alrededor—. Mmmm. Toma asiento en otra piedra, supongo. Hay muchas —inclinó su cabeza hacia su laúd y empezó a tañerlo... *¡plunc, plunc!* Se oyó como gotas de agua que cayeran en un charco destemplado.

—Gracias —Oliver se sentó en una piedra cerca, tratando de encontrar una posición que no implicara que algo terminaría clavado en su trasero. El armadillo saltó a su regazo, cual gato, lo cual no ayudaba mucho en esa situación.

—¿Es tu animal familiar? —preguntó Trebastion. Oliver asintió. El otro volvió la atención a su laúd. *¡Plunc!*

—Entonces... —continuó Oliver cuando resultó obvio que Trebastion no iba a decir nada más—, ¿qué haces en este bosque?

—Podría preguntarte lo mismo —dijo el joven—. En realidad, *debería* hacerlo, ya que eres un niño terriblemente joven como para andar recorriendo este horrible bosque, sin más compañía que un armadillo, por más que seas un mago. Pero no lo voy a hacer. No es asunto mío. Supongo que huyes de algo.

—No, en realidad yo...

¡PLUNC!

—No es asunto mío —insistió Trebastion decidido—. No quiero enterarme. Si te persigue un amo enojado, mientras menos sepa yo, mejor.

El armadillo soltó una risita irónica.

—Nadie me persigue —exclamó Oliver sorprendido—. Bueno, tal vez sí. Podría haber dos gh...

—¡*No* me interesa! (*¡Plunc, plunc, plunc!*)

Oliver lo pensó un momento.

—¿Y a *ti*, alguien te persigue?

Trebastion resopló.

—Probablemente. Siempre creen que será una buena idea y luego resulta que no lo era, y entonces me culpan, aunque siempre les advierto —rasgueó las cuerdas de manera especialmente hostil, y algo tintineó como una advertencia cerca del mástil del laúd.

—¿Qué? —preguntó Oliver, que no sabía lo que estaba pasando.

—Lo más importante —dijo Trebastion, punteando las cuerdas del laúd como si fuera un cocinero frenético desplumando un pollo—, lo verdaderamente *importante* es que no hay nadie *ahí*.

Oliver opinaba que, si hubiera habido alguien en los alrededores, esa persona habría huido tapándose las orejas con las manos. El laúd estaba salvajemente desafinado, pero no parecía importante porque Trebastion tampoco era capaz de tocar una canción.

Estaba pensando si podría pedirle que dejara de tocar cuando una de las cuerdas del laúd se reventó. Trebastion soltó un chillido y se chupó un dedo.

El armadillo suspiró aliviado.

—Entonces… ¿viniste aquí para estar lejos de la gente? —preguntó Oliver, señalando al bosque alrededor con cierta incomodidad. Parecía algo demasiado radical, como lanzarse a un pozo nada más por sentir algo de sed.

—¡La gente! —exclamó Trebastion—. Todo el mundo quiere algo. Bueno, me imagino que *tú* ya lo sabes, siendo mago.

—Ah, sí —dijo Oliver—. De hecho, los de mi aldea me enviaron a…

—No es asunto mío —dijo el otro apresuradamente. Miró molesto el laúd roto, y lo quitó de su regazo—. ¿Quieres comer?

Oliver procuró no salivar. Su última comida había sido el día anterior, y todo lo que tenía estaba reseco y rancio y con pelusas del fondo de su mochila—. Si tienes algo, sería... sería muy amable de tu parte.

Por más mal que Trebastion tocara el laúd, al menos no era tacaño con la comida. Tenía pan y queso, que dividió exactamente a la mitad, y le entregó a Oliver su parte.

—Gracias —dijo el insignificante mago menor, indeciso al no querer mostrarle a Trebastion toda la gratitud que sentía para no dejarse ver como un muchachito patético frente al joven.

Trebastion se encogió de hombros.

—Te veías con hambre. Yo sé lo que es eso. Sucede a menudo. Por lo general cuando estoy entre un pueblo y otro —contempló el laúd con frustración.

No había mucho que decir sobre eso. Oliver le deslizó un trocito de queso al armadillo y sacó un poco de agua del riachuelo con un cuenco. El agua sabía exactamente como se la imaginaba: fría y clara, con un leve regusto a tierra y hojas.

—Entonces, ¿eres un juglar? —los juglares viajeros pasaban por su aldea unas cuantas veces al año. Casi siempre se consideraban una molestia entretenida, pero hasta el peor de ellos tocaba mejor que Trebastion.

El joven gruñó una respuesta entre su trozo de queso. Oliver decidió no preguntar nada más. El joven podría estar loco, pero había *compartido* su comida y él no quería hacerlo enojar.

A decir verdad, no quería que Trebastion se fuera. No se había dado cuenta de la falta que le había hecho oír otra voz humana. No es que el armadillo no contara para nada, pero... bueno...

—Supongo que puedo contarte —dijo Trebastion, lamiendo las migas de pan de la palma de su mano—. Al fin y al cabo, eres prácticamente un colega.

—¿Lo soy? Ah, caramba... —Oliver miró a su armadillo, que se encogió de hombros.

—Pues eres un mago.

—Ah, por eso.

—Yo construyo arpas —dijo Trebastion incómodo—. También violines.

—¿Eh?

—Con huesos.

—Ah.

Trebastion parecía estar a la espera de algo. Oliver buscaba algo qué decir.

—No sabía que se podían hacer arpas con huesos.

—No, no se puede. Ésa es la parte mágica —sonaba infeliz y orgulloso a la vez—. No deberían producir ningún sonido, y menos cuando se usa el cabello de las víctimas para encordarlas. El cabello no soporta mucha tensión cuando lo estiras.

Oliver puso un pie sobre una piedra y se acomodó de manera que pudiera salir corriendo en cuanto tuviera oportunidad.

—No son víctimas *mías* —explicó el otro, exasperado—. Yo no *tengo* víctimas. No sabría qué hacer con una.

—Eso es bueno —dijo Oliver en voz baja.

—Es que sólo... mira, iba un día caminando junto al molino, volviendo a casa, y ahí estaba esta pobre mujer ahogada cuyo cuerpo había aparecido allí. Quiero decir, ya llevaba un tiempo, y los peces se habían alimentado de su cuerpo, así que no quedaba mucho más que huesos, y trapos y cabello, y yo... miré los huesos y sentí este impulso *irrefrenable*, y lo siguiente que supe es que andaba hurgando dentro de un cadáver…

Oliver se sintió un poco mareado y le dio la corteza de su pan al armadillo.

—Fue *horrible* —dijo Trebastion—. O sea, ¿te lo puedes *imaginar*?

Oliver sí conseguía hacerlo, y con más vividez de la que hubiera querido.

—En todo caso, antes de darme cuenta, estaba armando un arpa con los huesos. Parecía un arpa, más que nada. O, al menos, se parecía más a un arpa que a cualquier otra cosa.

Oliver asintió. Le había sucedido algo similar con los vegetales, a veces, cuando la magia iba a parar a un cultivo… y ya no eran vegetales, pero era a lo que más se parecían, comparados con cualquier otra cosa. Las coles de Bruselas eran las peores, porque les salían uñas.

—Era más que nada la magia la que mantenía la ilusión —continuó Trebastion—, y luego, cuando al final terminé, no podía dejar de trabajar en ella ¿me entiendes? Así como… como que no podía dejarla sin terminar, y después la solté, ¡y esa cosa horrible empezó a *sonar*!

Miró a Oliver, esperando verlo asombrado, tal vez. Pero él le devolvió una mirada indiferente. Era un arpa mágica, ¿qué más podía esperar de ella? ¿Que preparara huevos revueltos?

Al final dijo:

—¿Y qué fue lo que tocó?

—Más que nada, baladas sobre asesinatos —contestó el otro sombríamente—. Ésa no tocaba nada diferente de una que habla del viento terrible y la lluvia. A veces tocan otras. Pero lo peor no es eso, sino que también chillan.

—Eso sí es tremendo —admitió Oliver.

—Y no se callan. Son víctimas de asesinato, ¿ves? Sólo puedo hacer arpas cuando son asesinadas. Y si los asesinos están en la misma habitación, se ponen a gritar.

—Bueno, eso podría resultar muy útil…

—No tanto como crees —dijo Trebastion—. O sea, sí, sí sirve para llevar a ciertas personas ante un tribunal, pero luego está el arpa chillona, que no se calla nunca. ¿Y qué hace uno con eso? Casi nadie es capaz de enterrarlas cuando siguen gritando, y no es posible cremarlas. No les importa si encarcelan al asesino o si lo ahorcan o cualquier otra cosa. Siguen gritando. Es espantoso.

—*Suena* espantoso.

Trebastion cruzó los brazos.

—Así que aquí estoy, tratando de dejar atrás todo… todo eso —agitó una mano vagamente hacia atrás—. El último pueblo fue terrible. Eran gemelos, y las arpas tocaban una melodía en armónicos una con otra, y aunque fue la propia tía la que me *pidió* que lo hiciera… ¡huy! Eso no me convirtió en una persona muy popular —miró su laúd irritado.

Oliver no tenía idea de qué decir. Por suerte, Trebastion no parecía esperar que dijera nada.

Se sentía cansado y sudoroso. Se quitó la camisa y la hundió en el agua, moviéndola de aquí para allá.

Trebastion lo miró sin decir palabra. Tras un rato, buscó en su mochila y sacó un jabón, que le arrojó.

—Gracias —contestó Oliver.

El otro se encogió de hombros.

—He aprendido unas cuantas cosas al andar de aldea en aldea. Vale la pena empacar un jabón.

—Lo tendré en cuenta —dijo Oliver—. Aunque si llego a volver de la Sierra de la Lluvia, no quiero volver a andar por ahí —se dio cuenta de que estaba diciendo la verdad. Hasta la roja cara de Harold, el molinero, le hubiera parecido grata de ver, porque habría querido decir que no estaba lejos de casa.

—¿La Sierra de la Lluvia, eh? —preguntó Trebastion—. No es que te esté preguntando por qué vas allá.

—En realidad, no es ningún secreto…

—¡No estoy preguntando! —Trebastion agitó las manos—. Pero… ¿sabes si allá tienen arpas?

—Mmmm… —Oliver miró al armadillo.

—Los instrumentos musicales no fueron algo que mi madre considerara importante mencionar —dijo el armadillo.

Por lo visto, Trebastion sabía lo suficiente sobre animales familiares como para no dejarse sorprender por un armadillo parlante.

—Ajá —se trepó a lo más alto de su piedra. Las mangas y perneras le quedaban demasiado cortas en muñecas y tobillos, como si hubiera ido creciendo dentro de su ropa de niño—. ¿Y crees que tendrán víctimas de asesinatos?

—Mmmm —Oliver restregó el jabón en las axilas de su camisa hasta sacar algo de espuma—. Me imagino que en todas partes llega a haber, tarde o temprano.

—Eres un niño muy cínico —respondió Trebastion.

—Pues tú construyes arpas con huesos de *muertos* —contestó Oliver.

—Sí, pero no he permitido que eso opaque mi optimismo natural.

El armadillo resopló. Oliver exprimió la camisa y trató de azotarla contra una piedra unas cuantas veces. Producía un ruido muy satisfactorio… ¡*tuac*!

—Te propongo una cosa —exclamó Trebastion—: iré contigo.

Oliver dejó de golpear la camisa contra la piedra.

—¿Qué?

—A la Sierra —tomó su laúd—. Podrían ser el público que estoy buscando para mis talentos musicales.

Oliver sospechaba que el único público para los talentos musicales de Trebastion serían los sordos, pero no sabía cómo decírselo diplomáticamente. Al fin y al cabo, estaba usando *su* jabón, y le había compartido *su* pan y *su* queso.

No estaba seguro de qué pensar sobre llevarse a Trebastion consigo. No parecía mala persona, pero construía arpas con huesos de personas asesinadas.

Por otro lado, probablemente eso no era su culpa. La magia a veces hacía eso con la gente. Había personas que no querían ser magos, que no sabían nada de cómo serlo, pero resultaba que tenían un absurdo talento natural para algo específico.

A Oliver, su madre le había contado de una amiga suya que tenía poderes de encantamiento sobre los pollos. Los pollos dejaban cualquier cosa que estuvieran haciendo para ir a su lado. No es que ella quisiera tener pollos, ni siquiera le gustaban, pero ellos eran capaces de atravesar un muro de piedra a picotazos con tal de llegar hasta ella.

Con el tiempo, tuvo que irse a la costa, donde había menos pollos.

Oliver siempre había pensado que ése era un talento absurdo, pero no se comparaba con sentir el impulso de construir arpas con huesos de víctimas de asesinatos.

Sonaba muy desagradable, sobre todo para Trebastion.

Y si los ghules los iban persiguiendo, podía ser bueno tener otro par de ojos y oídos.

Pero *también* era posible que Trebastion fuera una muy mala persona, capaz de matar a un niño y a su armadillo mientras dormían o, peor aún, forzarlos a oír su música.

Y a pesar de todo…

El armadillo carraspeó para hablar.

—Debes saber —empezó—, aunque puede ser que no vengas con nosotros, que tuvimos un encuentro con ghules hace unos días.

—¿Ghules? —exclamó Trebastion—. ¿Devoradores de cadáveres? ¿Cómo los de los cuentos? ¿En serio?

—De nudillos grandes, piel con cicatrices, todo eso —contestó Oliver—, además del canibalismo, claro está.

—¿Ah? —el músico miró hacia atrás—. ¿Estás seguro?

—Totalmente. Querían comernos.

—Hay cierta probabilidad de que nos hayan seguido hasta el bosque —siguió el armadillo.

Trebastion lo pensó un poco, mientras Oliver exprimía su camisa unas cuantas veces más. Seguía muy húmeda, y ponérsela de nuevo le produjo una sensación desagradable, pero era un día soleado y se secaría pronto. Si trataba de embutirla en su mochila, probablemente le saldría moho, y acabaría teniéndola que usar de todos modos.

—Así que puede ser que haya ghules en el bosque.

—Exactamente —dijo el armadillo.

—Y ustedes van a tratar de mantenerse *alejados* de los ghules —dijo Trebastion lentamente.

—Ése es el plan —afirmó Oliver.

—Entonces, definitivamente me voy con ustedes —se frotó la nuca—. Y bueno… hay que corresponder con sinceridad a la sinceridad. También puede ser que yo tenga tras de mí a unas cuantas personas.

Oliver calló, a la espera de que siguiera.

Trebastion jugueteó con las correas de su mochila.

—En el último pueblo por el que pasé… les dije que no había sido una persona muy popular.

—Así es —confirmó Oliver.

—Bueno, pues sucede que el asesino *sí*. Sí era muy popular, quiero decir. Uno de los pilares de la comunidad. Todos estaban disgustados. Se dijeron cosas muy feas. Como si yo pudiera hacer que un arpa acusara a la persona equivocada.

Oliver se cubrió los ojos con una mano, sintiéndose muy mayor.

—Entonces... mmmm... sus familiares estaban furiosos. Puede ser que lo hayan sacado de la celda donde estaba encerrado. O sea, no era una celda sino el sótano de la iglesia, y si me preguntan, no es que fuera exactamente una prisión, y menos para alguien con cincuenta parientes, la mitad de ellos venerables miembros de la iglesia pero... en fin —jugueteó un poco más con las correas de su mochila.

—¿Así que los parientes de este tipo siguen enojados contigo?

—Me fui del pueblo a toda prisa —contestó el otro—, pero creo que podrían estarlo. Hubo muchos gritos, y no me quedé ahí para saber a quién se los dirigían. Si no salieron a perseguirme en ese momento, puede ser que *ahora* sí vengan tras de mí... el caso es que las arpas nunca se callan, ¿me entiendes? Y yo sería un chivo expiatorio muy conveniente, y ellos bien pudieron pensar que, al matarme, las arpas dejarían de gritar.

—¿Serviría de algo? —preguntó Oliver con interés profesional. Algunos hechizos persistían tras la muerte del mago, mientras que otros terminaban de inmediato, y no había un verdadero consenso alrededor del tema.

—No es algo que se haya intentado antes —explicó Trebastion—, y no es que me muera de entusiasmo con la idea... como comprenderás.

—Entonces, hay un asesino que te busca —dijo Oliver.

—Sí, y hay ghules caníbales que *te* buscan a ti—completó el otro.

Oliver se vio obligado a admitir que estaban empatados.

—En ese caso —dijo el armadillo, parándose sobre un pie de Oliver—, será un gusto que viajes junto con nosotros hasta la Sierra de la Lluvia. Podemos cuidarnos unos a otros.

—Suena maravilloso —respondió Trebastion, levantando su mochila.

El armadillo caminó muy seguro hasta internarse en los matorrales, con el joven músico a la zaga, y dejó a Oliver tratando de alcanzarlos, preguntándose qué era exactamente lo que acababa de suceder.

❦ 6 ❧

Viajar con Trebastion era mejor. Oliver estuvo dispuesto a admitirlo tras apenas una hora de camino con él.

No era que hablara demasiado, porque en realidad no lo hacía. El juglar hablaba de buen grado, pero si Oliver o el armadillo dejaban de responder o lo hacían sólo en monosílabos, Trebastion se daba por enterado.

Y no es que fuera hábil en el bosque, porque no lo era tampoco.

—¿Tú crees que esta fruta sea comestible?

—No —contestaba Oliver.

—¿Y esta otra?

—Pues sí, supongo que…

Trebastion se la metía a la boca.

—… que sí, pero tendrías que estar verdaderamente desesperado —terminaba Oliver, mientras Trebastion hacía muecas y la escupía—. Perdón, no creí que fueras a… Es una amargamora. Puedes usarla como una especia, pero no es algo que se coma así, directamente.

—¡Guaaaaaac! —exclamó Trebastion enjuagándose con agua del riachuelo—. Debiste decirme…

—*Estaba* por hacerlo…

—Está bien… supongo.

No, lo bueno de viajar con Trebastion eran los ruidos.

Cada vez que una rama se quebraba, cuando Oliver viajaba solo, pensaba de inmediato que eran los ghules, y volteaba a mirar. Lo hacía aunque sabía que los ghules no se desplazan muy lejos ni siquiera en la oscuridad, y menos a plena luz del día, porque aunque su cabeza lo sabía, sus instintos estaban convencidos de que esta vez se había topado con unos ghules amantes de la luz diurna y que *lo iban a devorar*.

Eso no era tranquilizador. Estar en un bosque lleno de ardillas y aves y conejos y otras criaturas que podrían hacer que crujieran las hojas o se quebraran las ramitas, era justamente lo *opuesto* a tranquilizador.

Pero desde que Trebastion estaba allí, moviéndose con la delicadeza de una vaca lechera, Oliver dejó de preocuparse. Si oía una rama que se quebraba, probablemente había sido Trebastion. Si las hojas crujían, probablemente Trebastion las había pisado. Si alguien empezaba a gritar "¡Aaaah! ¡Quítenme eso de encima!", eso indicaba que Trebastion se había enredado otra vez en una telaraña.

Contar con una explicación para los sonidos ayudaba muchísimo, incluso a pesar de que todos los ghules que estuvieran a miles de pasos a la redonda hubieran podido seguir los chillidos y gritos de Trebastion.

—No estás acostumbrado al bosque, ¿cierto? —preguntó Oliver, luego de un par de horas de esta rutina.

—En realidad, no —reconoció el joven—. Cuando viajo, casi siempre me quedo en los caminos principales. Soy muy bueno para ir a la puerta trasera de una posada y poner cara de infeliz muerto de hambre y de estar deseoso de lavar platos.

Hay cierto tipo de mujer que siempre querrá alimentarme. Es una habilidad de supervivencia.

—Ajá —dijo Oliver. Habían encontrado un macizo de bayas en su punto perfecto de maduración para final del verano. Las diminutas moras eran ácidas y deliciosas, pero la idea de la comida de una posada… cocinada de verdad, con pan recién horneado para remojar en los restos de un asado… era demasiado.

—Pero tú eres muy bueno con todo esto de la naturaleza —dijo Trebastion, señalando con un gesto el bosque alrededor—. Conoces las plantas y todo.

Oliver se sonrojó.

—Supongo que es por ser mago. Como hay que usar un montón de plantas, es necesario aprender sobre ellas. Pero no soy muy bueno. Sólo conozco unos cuantos hongos comestibles, pero no los que hay aquí y no me gusta tener que adivinar. Es probable que haya muchísimos alrededor, pero no sabríamos distinguir entre los buenos y los verdaderamente venenosos.

—Tengo hambre —contestó Trebastion—, pero voto porque evitemos los hongos. No quisiera volverme azul o explotar o… mmmm…

—Vomitar hasta morir —terminó el armadillo, muy servicial.

—Eso, gracias.

Esa noche acamparon por etapas. Cuando aún había luz de día, hicieron una pequeña fogata e hirvieron agua para té. La cena fueron los restos del queso de Trebastion, hojas de acedera, unas cuantas bayas medio aplastadas, y una raíz de espadaña que sabía como una mezcla de papa y cuerda enfangada.

—¿Estás seguro de que esto no nos va a matar? —preguntó Trebastion.

—Muy seguro —las fibras de la raíz eran tan gruesas que Oliver tenía que sacárselas de entre los dientes—. Y, en todo caso, es mejor que morir de hambre.

—Si tú lo dices —murmuró el juglar, tomando otro bocado de raíz.

Una vez que comieron y apagaron la fogata, el armadillo los hizo poner de pie y se internaron en el bosque.

—Hemos ido en paralelo al camino principal —dijo—. Ahora vamos a alejarnos un poco hacia el sur, sin dejar de mantenernos cerca, o tan cerca como podamos. Los ghules podrían encontrar los rastros de la fogata, pero no nos encontrarán a nosotros, y siempre podemos regresar al camino por la mañana.

—Ajá —contestó Trebastion—, ¿y eso tiene lógica?

—¿Estás seguro de que sabremos encontrar el camino por la mañana? —preguntó Oliver, que sabía un poquito más sobre lo engañoso que puede ser orientarse en el bosque.

—No —dijo el armadillo—, pero no vamos a perder de vista la sierra, aunque no encontremos el camino por el que veníamos.

—Imagino que tienes razón —se adentraron en la hojarasca del bosque.

—¿Y de dónde venías tú? —preguntó Oliver—. Quiero decir, cuál fue el último pueblo. Yo no vi ninguno viniendo hacia acá.

—Del norte —contestó el otro—. Yo no estoy preguntando de dónde vienes...

—De Loosestrife.

Trebastion suspiró.

—¿Viste? No te estaba preguntando.

—No es un secreto —contestó Oliver, desconcertado—. No me importa que sepas de dónde vengo.

—¿No huyes de un amo cruel?

—¿Ehhh…? No. Voy a la Sierra de la Lluvia para llevar la lluvia a mi aldea.

Trebastion guardó silencio, salvo por el crujido de las ramas.

—Bueno, eso es algo que podrías hacer, me imagino. En todo caso, el último pueblo estaba al norte del bosque. Avancé hacia el sur, siguiendo el límite, durante un trecho, pero no había dónde ocultarse, como no fuera en el propio bosque. Y sé que se supone que es un lugar extraño pero era preferible a dejar que me atraparan Stern y sus compinches.

—¿A qué te refieres con lo de que es un lugar extraño? —preguntó Oliver—. He oído una y otra vez que es malo, pero no sé *qué* quieren decir con eso.

No le molestaba el bosque. Era más sombrío que las arboledas a las que estaba habituado, y el verde era más intenso, pero se sentía vivo y palpitante, a diferencia de las granjas desiertas.

Trebastion se encogió de hombros.

—No sé… hay cuentos… luces extrañas… árboles que caminan que tal vez son personas muertas y no árboles de verdad. Lo normal.

—No he visto nada de eso —dijo Oliver.

—Las babosas saben a lo mismo de siempre, hasta ahora —complementó el armadillo—, pero aún no nos internamos lo suficiente.

Trebastion sopesó lo anterior con toda la consideración que se merecía, y cayó por una ladera y fue necesario levantarlo de nuevo.

—Y está también la canción ésa —añadió, quitándose agujas de pino de la ropa.

—¿Una canción? —preguntó Oliver cautelosamente.

Trebastion volteó el laúd, que llevaba terciado al hombro, y trató de tañer un acorde, que no resultó muy bien.

—A ver, déjame pensar… hay un par de versiones…

—Siempre es así —anotó el armadillo sin muchas ganas.

Trebastion no le hizo mucho caso y se lanzó a cantar la canción que, evidentemente, no recordaba:

Una tarde de verano
perdió una granjera el camino
En el bosque, en el bosque
Entre sombras oscuras
En el bosque, en el bosque
Donde… ¡ay! Algo… duerme
Algo… su negro cabello
El granjero maldijo… ¡demonios!

Al cantar, tenía una voz profunda y sorprendentemente grave, mucho mejor que sus aptitudes con el laúd. Pero su memoria sí dejaba mucho que desear.

—Pues es que yo canto más que nada canciones de amor —explicó—. Ésta no es muy popular. A la gente no le gusta que le recuerden estas cosas.

—¿Y qué sucedió? ¿Quién se perdió en su camino?

—La esposa del granjero, que tenía el cabello negro —dijo Trebastion—. Dependiendo de la versión, ella se perdió en el bosque buscando avellanas, o bien huyó de su marido. Así que él decide quemar la franja donde empieza el bosque para vengarse, ya sea de los árboles o de su esposa. "En el bosque, en el bosque..." dice el coro de la canción. Mi voz no sirve para cantarla. Se necesita alguien que pueda darle un timbre tenebroso y etéreo.

—¿Y qué le sucedió al granjero? —preguntó Oliver.

—Ah, murió —dijo Trebastion. Volvió a echarse el laúd a la espalda, y se apresuró para alcanzar al armadillo—. El bosque ardió siete días y luego otros siete más —canturreó la frase—, y el humo que producía pendía sobre las granjas, matándolo todo. "El humo flotaba como una gruesa manta de tristeza, sobre el arado y la rastra"... mmm, tal vez no decía "la rastra" sino "la tierra"...

—Si se supone que habla de herramientas agrícolas —comentó el armadillo sin mirar hacia atrás—, tendría más lógica que fuera "la rastra".

—Las canciones no tienen nada qué ver con la lógica —contestó Trebastion—. ¿Quién puede ser tan idiota como para quemar el bosque cuando hay una persona extraviada en él? ¿Qué tal que ella se hubiera roto una pierna? La habría quemado viva —negó moviendo la cabeza—. De todos modos, se supone que por eso es que las granjas por aquí están todas abandonadas. El humo del bosque ardiendo envenenó el suelo.

Oliver recordó las extrañas granjas vacías y los campos abandonados.

—¿Y esto sucedió de verdad?

—No lo sé —admitió Trebastion. Llegaron a un pequeño claro, y lo rodearon con cautela—. La gente decía que sí había sucedido. He oído esa canción y los viejos en el bar afirmaban que era verdad y que había pasado cuando ellos eran niños. Pero dicen eso de casi cualquier canción. Todo lo que sé es que una vez que rodeas el extremo noreste del bosque, de repente te encuentras con que todas las granjas están vacías y no hay posadas. Tienes que caminar durante días hacia el este para dar con algún pueblucho.

Oliver, que vivía en uno de esos puebluchos, se dio un pellizco mental por nunca haber preguntado qué había hacia el oeste. ¿Por qué jamás se le había ocurrido preguntar? ¿Por qué nadie hablaba sobre eso?

Porque no eran más que granjas y luego la Sierra de la Lluvia. Porque no había nada que valiera la pena mencionar y los granjeros iban a la aldea. Porque las cosas que han permanecido desiertas desde que los viejos eran niños no despiertan el más mínimo interés.

Y luego recordó a Vezzo diciéndole: "Por el camino de aquí hasta allá verás malas tierras".

Claro, eso es lo que los granjeros podían recordar. Las malas tierras.

—Pero los árboles no se quemaron, ¿cierto? —preguntó abruptamente.

—¿Eh? —exclamó Trebastion, que estaba tratando de comerse una bellota.

—Si esto sucedió hace sesenta o setenta años, digamos, no tendríamos algunos de estos árboles. Los bosques renacen con cierta rapidez, pero algunos de estos árboles tienen cientos de años.

—¡Oh! —contestó Trebastion—. Bueno, eso es el final de la canción. La mayor parte del bosque no se incendió, pero sí se enojó. El humo invadió los campos y supuestamente se extendió muchas leguas… "Ochenta leguas y otras diez", me parece, o "doscientas leguas y cuatro más", aunque esta última opción sería mucha distancia así que probablemente sea la primera. El granjero murió sofocado por el humo y las granjas fueron abandonadas porque la tierra se envenenó, pero el bosque sobrevivió —se aclaró la garganta y cantó:

En el bosque, en el bosque,
Aún anda su espíritu
Con su rojo vestido
En el bosque, en el bosque, en el bosque.

—¿Te refieres a la esposa del granjero? —preguntó Oliver.

—Ajá —contestó Trebastion—. El bosque siguió allí, sigue allí todavía. Y el fantasma de la mujer aún lo recorre.

Habría que ser un experto en lenguaje corporal de armadillo (tal como Oliver) para ver el escepticismo que mostraba. Su animal familiar no les hacía mucho caso a los cuentos de espantos.

—¿Y por qué iba a *querer* ella andar recorriendo el bosque? —preguntó Oliver.

—La canción no lo dice —contó Trebastion—, pero me imagino que está enojada porque la quemaron viva.

—O porque se casó con un pirómano incendiario —opinó el armadillo secamente.

—Bueno, eso también.

Siguieron andando en silencio un rato. Oliver tropezó y se golpeó los dedos de los pies, pero apretó los dientes y no gritó. Trebastion tropezó con una rama y cayó.

—¿Qué tan persistentes podrán ser los ghules? —preguntó cuando se puso de nuevo de pie.

—Supongo que nos perseguirán hasta que encuentren una presa más fácil —contestó Oliver, que había estado dándole bastantes vueltas en su cabeza a ese asunto en los últimos días—. Todas las granjas estaban desiertas. A lo mejor será por lo que decía tu canción, pero no lo sé. Y si no hay ni ganado ni gente, me imagino que somos la presa más fácil.

—Ajá.

Siguieron caminando. La figura del armadillo empezó a difuminarse en la penumbra del anochecer.

—¿Qué tan persistente será el fulano que *te* persigue? —preguntó Oliver.

—Pues, bastante, supongo. Era el alcalde del pueblo.

—¿Y estaba *matando* gente?

—Créeme que yo estaba tan sorprendido como tú.

Oliver se agachó para pasar bajo una rama. Trebastion siguió de largo y chilló cuando se golpeó la cara.

—Entonces, tú vas en busca de la lluvia —dijo, cuando logró contener la sangre.

—Ése es el plan —contestó Oliver.

—¿Y la lluvia está en la sierra?

—Supuestamente, los Pastores de Nubes la tienen —explicó Oliver. No sabía cómo serían los Pastores de Nubes, pero se imaginaba una serie de sacerdotes místicos parados sobre crestas rocosas, mientras los rayos centelleaban alrededor de sus brazos. Alguien semejante al anciano mago, con barba larga y túnica, aunque más aseados y sin ropa interior en la cabeza.

Trebastion lo pensó un poco.

—Es un poco injusto haber mandado a un niño solo a la sierra, ¿no te parece?

—No soy mucho menor que tú —contestó Oliver, molesto.

—Sí, pero a mí sólo me piden que haga arpas que gritan, y eso en realidad no es *peligroso*.

Oliver suspiró.

—No sabían que habría ghules —dijo. No sabía bien por qué estaba defendiendo a los de su aldea, pero no podía darle a entender a Trebastion que eran un puñado de monstruos—. Y en realidad no me mandaron a hacerlo sino que estaban asustados, sólo eso.

El armadillo se mantuvo en silencio.

—Yo estoy asustado, todo el tiempo con miedo —dijo Trebastion—. Me aterra que el alcalde Stern vaya a aparecerse y a abrirme de arriba abajo y sacarme las vísceras como si yo fuera un pescado. Y no por eso hago que alguien se largue a conseguirme la lluvia.

Oliver puso los ojos en blanco.

—Sí, pero tú eres sólo una persona.

Trebastion dio un traspiés en una raíz.

—Seguro que eso tiene mucha lógica —dijo cuando recuperó el equilibrio—, pero creo que no entiendo qué tiene que ver.

Oliver hizo una pausa. El armadillo levantó la cabeza y olfateó el aire.

—Tú eres sólo una persona —explicó Oliver—, y yo soy sólo una persona. Pero los aldeanos eran treinta o cuarenta —trató de encontrar una buena manera de expresarlo para que Trebastion comprendiera—. Y se reunieron y entre ellos fueron atizándose el enojo y con eso fue más difícil pensar individualmente. Ninguno de ellos lo hubiera hecho por sí solo, a excepción de Harold, tal vez.

Continuaron unos minutos en silencio, o al menos en el máximo de silencio posible con Trebastion.

—Pero al final lo *hicieron* —observó Trebastion—. Quiero decir que sucedió.

Oliver suspiró.

—Sí, pero no lo estoy haciendo por todos ellos *en conjunto*, sino por cada uno *por separado*. Por Vezzo y Matty… y por todos. Nuestros vecinos —los podía ver a cada uno en su imaginación. Matty probablemente estaba llorando junto a sus pollos en ese momento. Vezzo podía estar incluso mirando hacia el oeste, con sus grandes manos apretadas a los costados de su cuerpo, pensando si Oliver estaría bien o no.

—Suena muy complicado —dijo Trebastion.

Oliver se encogió de hombros. Luego de unos momentos preguntó:

—¿Conoces alguna vaca?

—Me he topado con una o dos en la vida —concedió Trebastion—, cuernos, ubre… esas cosas.

—Bien, pues son vacas y sólo eso, ¿cierto? Son importantes para sus dueños, pero son simplemente… vacas. Y cuando reúnes una buena cantidad y de repente se asustan y forman una estampida pueden llegar a derribarte. No es que tengan intención de hacerte daño, sino que están asustadas. Siguen siendo importantes para sus dueños. No porque te hayan hecho eso vas a rechazar a todas las vacas de ahí en adelante.

—Sí, pero eso no te quita el hecho de que estés *muerto* —siguió Trebastion—, luego de que te pisotearon.

Oliver suspiró.

—Ajá —había pensado que la analogía de las vacas le ayudaría a Trebastion a entender, pero tal vez él comprendía mejor de lo que Oliver se imaginaba—. Sí, eso no te quita lo muerto.

El armadillo trotaba delante de él, sin decir nada, con las orejas bien levantadas sobre la negrura de la noche.

Eglamarck montó guardia esa noche mientras los dos humanos dormían.

La vista de los armadillos no es de lo mejor, pero tienen un excelente oído. A duras penas alcanzaba a distinguir a sus dos compañeros, arrebujados en sus cobijas a la sombra de un árbol caído, pero podía oír el ruido de su respiración con total claridad.

Ghules. Un músico adolescente con un asesino siguiendo sus pasos. Mmmm. Aunque sin duda era más seguro tener una persona más para vigilar, Oliver y el armadillo podrían correr más peligro por viajar con él. Aunque no había conocido muchos asesinos en su vida, tenía la sensación de que, una vez que uno empezaba a matar personas por pura diversión, ya no podía parar. Podía ser que un niño y un armadillo no llamaran la atención del alcalde homicida, pero también podía ser que sí. Más valía ser prevenido.

Un búho ululó a lo lejos. El armadillo se acurrucó por instinto. Los búhos por lo general no cazaban armadillos, pero las partes más antiguas del cerebro de esos animalitos acorazados reconocían a un depredador al oírlo.

No se sentía a gusto en el bosque. Los bosques no eran territorio de armadillos. Le gustaba la tierra suelta y libre de raíces gruesas. Los matorrales estaban bien, y los campos de cultivo también, pero los árboles… no sabía bien qué pensar de ellos.

Escuchó atento a la espera de oír el crujido de ramitas que podría anunciar a un ghul internándose en el bosque, pero no se oyó nada.

¡Si tan sólo Oliver no hubiera sido tan niño! Un mago mayor, en el apogeo de sus poderes, los habría envuelto en un hechizo que los hiciera parecer troncos o helechos. Nada tan ostentoso como la invisibilidad, pero igual de útil.

Ojalá pudiera hacer que Oliver lo entendiera. Los grandes hechizos eran impactantes, claro, pero los pequeños podían resultar más adecuados para el propósito que tenían ante ellos. Sólo había que ver hasta dónde había llegado Oliver con el hechizo "para acá-para allá". Pero no, era casi un niño y necesitaba demostrar su valía constantemente y… a decir verdad, la gente de su aldea tampoco ayudaba.

"Te tratan como un bebé hasta que te necesitan, y entonces esperan que muevas cielo y tierra para llevarles la lluvia", murmuró el armadillo para sí. Oliver había sido bastante comprensivo, sí, pero a él todavía le irritaba todo el asunto.

Barrió la hojarasca con sus garras.

Ese despliegue de acción sacó a la superficie a una larva soñolienta, y el armadillo se abalanzó sobre ella y se la zampó.

Un hechizo para sacar larvas… ¡eso sí sería un éxito! De poco servía la invisibilidad, ¡qué tontería de hechizo! Sólo era útil ante otros humanos, tal vez, o quizá con pájaros. Los demás podían oler perfectamente a pesar del encantamiento y, a menos que el mago permaneciera absolutamente inmóvil y contuviera la respiración, resultaría obvio para quien se molestara en escuchar con atención. Sólo un mago humano podía salir con algo tan absurdo como engañar a la vista y nada más.

Pero bueno… Oliver era *su* mago, y lo había sido desde que él había entrado por la puerta de la cabaña del viejo mago, y vio una figura borrosa y lejana que despedía un olor que lo hacía pensar que ése era el lugar al que quería pertenecer, *su territorio*. Eglamarck no sabía andar bien, sino que más bien se arrastraba en ese entonces, pero había recorrido decidido ese mar de tablones hasta el enorme borrón y lo marcó como algo de su propiedad.

Ahora, su mago corría peligro, y no del tipo que puede evitarse encogiéndose en una bolita (cosa que en realidad no *podía* hacer. Era un armadillo de nueve bandas y, a diferencia de algunos de sus primos lejanos, las partes no encajaban tan bien entre sí. Lo máximo que conseguía hacer era encorvar su lomo acorazado y meter la cabeza entre sus garras, con lo cual se parecía bastante a una bolita). Mmmm.

Olisqueó nuevamente el aire.

Había algo extraño en el bosque. "Eso es obvio", pensó, levemente molesto consigo mismo. Su pensamiento se estaba haciendo descuidado, como el de un ser humano. Pero había algo en el límite de sus sentidos. No era magia, pues ésta tenía un olor y un sabor definido. Era otra cosa, un regusto de la realidad, algo como una mezcla de moho y sombra que permanecía en su nariz un instante más de lo que debería.

Por alguna razón, se acordó de la canción de Trebastion, de la mujer asesinada que aún deambulaba entre los árboles. "Bah, además me estoy volviendo supersticioso". Era justamente el tipo de cosa absurda que un humano haría: regresar de la muerte como fantasma en lugar de seguir adelante con el asunto de renacer, como cualquier ser sensato. A pesar de eso, el armadillo tenía sus dudas. A los humanos les encantaba acusar a los fantasmas por algunas cosas, según le había dicho su madre, aunque ella jamás había visto uno.

En todo caso, entre los ghules y el extraño regusto, quería salir del bosque de Harkhound lo más pronto posible.

A los animales no suele incomodarles el remordimiento. Eglamarck sopesó la idea, fríamente, de si sería mejor abandonar a Trebastion. Ese humano no sabía moverse en el bosque y probablemente atraería a los ghules si lo dejaban solo. ¿Acaso los ghules los seguirían tras alimentarse de él?

No lo sabía. Su madre nunca lo había mencionado, si es que lo sabía. No podía correr el riesgo de que una comilona de carne humana les diera energías a sus perseguidores.

Al fin y al cabo, Oliver probablemente se negaría a abandonar a Trebastion. Al armadillo lo había alegrado ver que la compañía de otro humano le mejoraba el ánimo, aunque todavía insistía en pasar los últimos momentos de luz del día leyendo sobre el hechizo de invisibilidad.

Pero es que eso es lo que sucede con los humanos… les gusta estar en compañía y apretujarse de a tres o cuatro en una madriguera si pueden, y luego apeñuscar sus madrigueras lo más cerca posible, como nidos de golondrinas. Si se mantiene a un humano en soledad durante mucho tiempo, empezará a comportarse de manera extraña y se verá triste.

Al anciano mago le había sucedido, según contaba su madre, hasta que apareció Oliver. El niño había hecho más llevaderos los últimos años del viejo, y eso ya era algo.

Si no quería que ésa fuera la única contribución de Oliver al mundo, tendría que pensar en un plan para llevarlos a la Sierra de la Lluvia en una sola pieza.

"Si se mira desde el punto de vista de la lógica", pensó Oliver, "no lo hicieron nada mal". Les tomó dos días enteros de andanzas por el bosque antes de darse por perdidos, total y absolutamente perdidos.

—Hemos estado caminando en círculos —anunció el armadillo hacia la mitad de la tarde—. No sé cómo lo hicimos, pero así fue.

—¿Cómo lo sabes? —preguntó Trebastion—. Todos esos malditos árboles se ven idénticos. Y los matorrales. Nunca me había dado cuenta de lo semejantes que son, ¡casi intercambiables!

—Lo sé porque, por un lado, mi olfato me indica que ya pasamos por aquí antes —contestó el armadillo—. Por otro, porque ésa es la fogata de anoche.

Oliver y Trebastion observaron atentos los restos de la hoguera.

—Ah… ajá —exclamó Trebastion.

Oliver suspiró. Cada vez le quedaban más flojos los pantalones. Otras tantas cenas de espadañas, y se le escurrirían inevitablemente.

Pero no podía culpar al armadillo. La bóveda del bosque era tan densa que la luz del sol que se colaba era muy irregular, y tampoco había manera de divisar las montañas. Si a Oliver le costaba orientarse, ¿cómo sería si su cabeza estuviera apenas a medio palmo del suelo?

—Necesitamos un lugar más alto —propuso—. En un terreno elevado podemos subir y tener mejor vista. Desde una roca grande o una colina.

—Podríamos treparnos a un árbol —comentó Trebastion.

Miraron hacia los árboles que los rodeaban, pinos, la mayoría de los cuales tenían un tronco que no podía rodearse con ambos brazos, y las primeras ramas se abrían a unos cuarenta codos de altura.

—Pues ve tú primero —contestó Oliver.

—Tienes razón.

—Hay que subir —dijo el armadillo—. No es que sirva de mucho, pero trataremos de ir siempre cuesta arriba y ver si eso nos lleva a alguna parte.

No siempre es fácil determinar cuándo va uno *subiendo* en un bosque. El suelo ondula suavemente. Las raíces de los árboles levantan todo alrededor. Los chubascos repentinos arrastran la tierra, creando hondonadas. Oliver se subió al armadillo en el hombro y trató de escoger una dirección en la que pudieran subir, más que bajar.

Al final, terminaron por llegar a un claro en una ladera pendiente, donde un árbol había caído. Había una abertura lo suficientemente grande en la bóveda del bosque como para que, al subirse en el tocón del árbol caído, Trebastion pudiera ver por encima del follaje de los demás.

—No es que vea gran cosa —informó, dándose una vuelta completa—. Árboles y más árboles... ¿y eso qué es?

—¿Qué es qué? —Oliver trataba de sostener con firmeza las piernas del joven.

—Hay una especie de colina que sobresale. No tiene árboles en la parte de arriba. Y veo ruinas, como un viejo castillo o algo así —se puso las manos frente a los ojos, a modo de visera—. Bueno, debe ser un castillo muy antiguo. Una torre, tal vez.

—Tiene sentido —dijo el armadillo—. Uno construye una torre en el punto más alto que pueda encontrar, para así ver venir a sus enemigos.

—Vamos hacia allá —propuso Oliver.

Pero era más fácil decirlo que hacerlo. A pesar de lo sencillo que pueda ser divisar una colina con unas ruinas en la punta cuando uno mira *por encima* de los árboles, moverse *entre* ellos, a nivel del suelo, es algo más difícil. Tuvieron que detenerse para buscar una abertura en el follaje otras dos veces antes de llegar lo suficientemente cerca como para ver la elevación del terreno.

Cuando llegaron al pie de la colina, ya estaba anocheciendo.

—¡Podremos dormir a cobijo esta noche! —gritó Trebastion, entusiasta—. Sin importar que sean sólo ruinas.

—¡Con paredes! —agregó Oliver encantado.

—El que llegue primero arriba, gana.

—¡Ja! —Oliver arrancó a correr tras Trebastion.

—Esperen un momento... —dijo el armadillo.

Subieron corriendo por la ladera cubierta de hierba, y abandonaron la parte arbolada.

—¡Esperen! —dijo el armadillo—. Si nosotros vimos las ruinas, alguien más puede haberlo hecho...

—¡Qué importa, mientras tengan comida! —exclamó Trebastion.

El armadillo fue tras ellos tan rápido como se lo permitían sus cortas patitas.

Y se detuvo.

Y suspiró.

Alguien más había visto esas ruinas. Al parecer, alguien más las había encontrado ya hacía un tiempo.

El campamento de bandidos que estaba arriba daba la impresión de ser algo permanente. Habían cavado un hueco en la tierra para encender sus fogatas. Se veían pieles curtidas que colgaban como cortinas, suavizando los contornos de la torre ruinosa. Y había una docena de hombres, todos con espadas y dagas y ballestas.

Espadas y dagas y ballestas que en ese momento apuntaban hacia Oliver y Trebastion.

—Bueno —dijo el más grandote de los bandidos, que tenía sólo un ojo y tres dientes de oro—. Bueno, bueno, bueno... ¿qué es lo que tenemos por aquí?

Eglamarck se ocultó silenciosamente en los matorrales, mientras los bandidos se acercaban a los humanos.

❧ 7 ❧

Oliver hubiera querido darse una patada por haber sido tan ingenuo, pero no habría servido de mucho. Además, habría podido golpear a Trebastion por error, pues estaban los dos embutidos en un espacio apenas mayor que un armario.

Los bandidos no habían sido muy crueles. Le habían quitado a Oliver su mochila con los libros y su cuchillo, y habían metido a ambos chicos en una especie de diminuta tienda en un rincón poco ventilado en el fondo de las ruinas, pero no los habían golpeando ni nada parecido.

Sin embargo, estaban atrapados, con muros de piedra por dos lados, y en los otros dos, cueros curtidos a modo de cortinas.

No tenía mucho sentido mover las cortinas. Había un guardia justo afuera, y casi todos los bandidos estaban sentados junto al fuego, a unos seis pasos de allí. La mayor parte de la base de la torre estaba aún intacta, aunque por arriba estaba abierta al cielo. La única manera de salir o entrar a la torre era por una abertura que implicaba caer unos diez codos hasta el suelo.

También se habían llevado el laúd de Trebastion, lo cual era algo que agradecer.

—Me siento como un tonto —exclamó Trebastion.

—Y yo también. Los dos —contestó Oliver.

—Corrimos cuesta arriba, sin pensar. ¿Por qué lo hice? ¡Hubiera podido ser el alcalde! Tuvimos suerte de que *sólo* fueran unos bandidos.

—Mmmm —respondió Oliver. No estaba seguro de que fueran tan afortunados por eso. Por supuesto que no los habían matado de inmediato, lo cual era algo bueno (no sólo bueno, *fabuloso*), pero ¿y después qué? ¿Intentarían pedir rescate por ellos?

El armadillo se había escabullido. Oliver no era especialmente religioso, pero les agradecía a los dioses que velaban por los magos, cualesquiera que fueran esos dioses, que su animal familiar hubiera logrado evitar que lo capturaran.

Se preguntó qué estaría haciendo el armadillo. Observando, probablemente. Jamás llegaría a abandonarlo. Los magos y sus animales no se separan unos de otros nunca. Si los bandidos lo hubieran atrapado, Oliver habría... habría...

Bueno, algo se le habría ocurrido.

Se recostó en el muro de piedra, tratando de acomodarse.

Un rescate. Mmmm. Eso sería algo interesante. Los habitantes de su aldea seguramente tratarían de conseguir el rescate, y su madre regresaría pronto y se encargaría de que así fuera. Pero... ¿qué tal que los bandidos no quisieran llegar hasta Loosestrife? Eran días y días de camino, y no tenían caballos.

¿Y habría alguien que quisiera pagar un rescate por Trebastion?

A lo mejor el asesino que lo perseguía...

Pero esa idea era desagradable.

—Nos lanzamos directamente a sus espadas —dijo Trebastion de nuevo, y pateó el muro.

Oliver entendía con claridad por qué lo habían hecho. Llevaba tanto tiempo vagando con una meta distante... llegar a la Sierra de la Lluvia, conseguir que lloviera, huir de los ghules... que tener de repente una meta inmediata y poderla alcanzar... la colina, ¡justo ahí!... se le había subido a la cabeza. Le había dado tal gusto llegar a las ruinas, aunque en realidad no sirviera de mayor cosa, salvo, tal vez, para poder ver más allá de los árboles.

Pues sí, había logrado tener una buena vista sobre los árboles. Desafortunadamente, no había prestado mucha atención porque la vista de las espadas estaba más cerca.

El cuero que hacía de cortina se abrió.

—Vengan para acá, los dos —dijo el guardia—. Arriba. El jefe quiere verlos.

—A lo mejor está buscando un músico de la corte —opinó Trebastion, esperanzado.

—Necesitaría buscar más si así fuera —agregó Oliver.

Trebastion puso los ojos en blanco y salió del rincón.

Había caído la noche. Los bandidos estaban iluminados por la fogata. Oliver había pensado que tendrían una apariencia salvaje y malencarada, pero se veían más bien cansados y algo irritables.

Había pensado que lo arrojarían a los pies del grandote tuerto con los dientes de oro, pero en lugar de eso el guardia los llevó hacia un hombre bajo, medio calvo, con una chamarra de parches.

No parecía muy imponente pero, cuando Oliver lo miró a los ojos, vio una chispa de inteligencia en ellos.

—Bueno —dijo el jefe de los bandidos, mirándolos de arriba abajo—. Son un poco jóvenes para ser exploradores. Y si son cazadores furtivos, no van suficientemente armados.

—No traían arcos ni flechas —comentó el guardia.

—Déjenme ver si adivino... —el jefe apoyó la barbilla en la mano—. Tienen la edad suficiente para ser aprendices fugitivos... posiblemente siervos. ¿Estoy en lo correcto?

—No exactamente —dijo Oliver—. Yo soy mago.

Una ruidosa carcajada se levantó entre los bandidos. El jefe meneó la cabeza despacio, sonriendo:

—¿En serio?

Oliver sintió que las orejas le ardían.

—Mmmm... bueno... puedo... puedo hacer un par de hechizos. Aunque no muy bien. Los de mi aldea me enviaron... para llevar la lluvia de regreso.

—¿En serio? —la sonrisa del bandido permaneció inmutable—. ¿Y si les preguntáramos a ellos, dirían lo mismo, o contestarían que huiste de tu maestro?

Oliver lo miró fijamente.

—Mi maestro está muerto. Le dirían que vine para conseguir la lluvia.

—¡Está muerto! —exclamó el bandido—. ¿Y será que tú lo mataste? ¿Un personaje insignificante como tú?

—¡No! Estaba muy anciano... Él... —Oliver calló. Su voz sonaba aguda e infantil a sus oídos y la sonrisa irónica del jefe se ensanchaba cada vez más.

Y resultó que sí había una suerte peor que ser enviado por un puñado de adultos en una misión suicida. Era peor tener que emprender esa misión suicida en nombre de los adultos y que otros adultos no quisieran creer que todo eso era cierto.

"No importa", pensó. "Son bandidos. No cuentan para nada. A nadie le importa lo que piensen. ¿Creíste que si les explicabas amablemente dirían 'Mil perdones' y dejarían que te fueras".

Hubo otra carcajada ruidosa de parte de los bandidos. Trebastion había tratado de explicar lo que hacía, y la cosa no había resultado mejor que la explicación de Oliver.

—Bueno —dijo el jefe. Alzó una mano y los demás bandidos callaron—. De veras que ustedes dos tienen una imaginación increíble. Eso no se los voy a negar —examinó la cara de Oliver—. Muy bien. Supongamos que sí eres un mago. ¿Qué sabes hacer?

Oliver tenía en la punta de la lengua las palabras del hechizo de "para acá-para allá".

"No. Éste no va a dejarnos libres. Sería una estupidez mostrarle todo lo que puedo hacer".

Aunque parte de él se moría de ganas de mostrarle al jefe de lo que era capaz, Oliver se contuvo y murmuró:

—Hago conjuros con hierbas, más que nada.

—Oh, hierbas —comentó el jefe, con el tono despectivo de las personas que no tienen idea de lo que son capaces de hacer las hierbas.

(No es muy sensato decir algo así porque quienes *sí* las saben usar tal vez se ofendan, y entonces uno corre el riesgo de encontrar sus calcetines llenos de ortigas y su té con cáscara sagrada, que a pesar de ser una corteza de árbol es también un poderoso laxante).

Oliver hubiera dado lo que fuera por un poco de corteza de cáscara sagrada, y quizás unos momentos a solas con el estofado que hervía sobre el fuego.

—¡Es un buen mago! —dijo Trebastion, que a veces era algo lento para aprovechar las circunstancias—. Tiene un animal familiar y todo.

—No es que cuente mucho como animal familiar —agregó Oliver, deseando darle una patada a Trebastion para que se callara—. Es más bien una mascota. No habla, ni nada parecido —y mientras tanto, confiaba en que el armadillo no estuviera oyendo—. En todo caso, es probable que haya escapado.

—Pero...

Oliver le clavó una mirada fulminante.

Trebastion entendió y murmuró:

—Bueno, yo no tengo animal familiar, así que... —con la vista en el suelo.

—Esto es mejor que una obra de teatro —dijo el jefe—. ¡Por favor! ¿Y me imagino que ambos eran aprendices del mismo mago?

—¡Oh, no! —dijo Trebastion—. No. Yo no soy mago, para nada. Fuera de lo de construir arpas.

—Sí, con huesos. Encordadas con cabellos. ¿Sabías que nunca antes había considerado la resistencia a la tensión que tiene el pelo?

Trebastion se sonrojó intensamente.

—En fin... —exclamó el jefe. Se pasó una mano por la calva—. Cuando me maten, tendrás que encordar el arpa con otra cosa, supongo. O construir un tambor.

—Las tripas podrían funcionar como cuerdas —anotó Oliver—. Suenan aún mejor.

—Muy cierto —era evidente que el jefe estaba muy entretenido—. ¡Bien! No le veo mucha utilidad a un mago, y cuando nos topamos con algún muerto, por lo general no hay dudas de cómo fue que *terminó* así, ¿me entienden?

El bandido de los dientes de oro tanteó el filo de su espada en su pulgar, con gesto significativo.

—Entendido —contestó Oliver al ver que Trebastion no decía nada.

—Sin embargo, me choca matar niños, así que veremos qué provecho podemos sacar de ustedes dos. Creo que los de tu aldea podrían estar interesados en tenerte de regreso, ya sea que te hayas escapado o no. ¿De dónde dices que vienes?

—De Loosestrife —murmuró Oliver. Había apenas cinco bandidos, hasta donde podía contar, y eso probablemente no alcanzaría a ser un problema para una aldea de cerca de cien habitantes. Y menos si su madre ya había regresado de Wishinghall.

Ahora que se ponía a pensarlo, si los bandidos pedían un rescate y su madre ya había vuelto, se aparecería y rodarían cabezas y después podrían ir a la Sierra de la Lluvia con una escolta militar, que resultaría a ser su madre.

—En cuanto a ti... —el jefe se giró hacia Trebastion—, mmm... aún no he decidido qué haremos contigo.

—Abrirle el gaznate para que luego se lo coman los cuervos —gruñó el bandido de los dientes de oro.

El jefe meneó la cabeza, frustrado.

—Tienes la misma empatía de un lagarto asado al fuego en una vara, Bill, pero tu olor no es tan agradable. Además, si matas a alguien ahora, pierdes la oportunidad de sacarle algún beneficio más adelante. Por ahora, podemos aprovecharlo para que lave los platos.

Bill murmuró algo y volvió a tantear el filo de su espada con el pulgar.

Oliver suspiró.

Al final, les dieron lo que quedó pegado al fondo de la olla del estofado. Lavaron los platos, y después los mandaron a esa especie de tienda de campaña de cuero, para dormir sobre dos sacos de cereal.

—¿Quién se lo iba a imaginar? —preguntó Oliver—. La mejor comida y la mejor cama que he tenido en una semana, y eso gracias a que resultamos capturados por unos bandidos.

—¿Supongo que tu maestro no te dio ninguna sabia recomendación para una situación como ésta? —preguntó Trebastion esperanzado—. ¿Algo mágico y... útil?

—¿Eh? —Oliver lo pensó. A medida que el mago se había ido poniendo más senil, fue cada vez más difícil distinguir entre sabiduría y demencia—. Pues... solía decir que si tienes la bragueta abierta, es mejor abotonársela y no pasar diez minutos recalcando que así era como la querías tener desde un principio.

Trebastion lo pensó.

—Sabias palabras —dijo.

—Sí, mucho.

—Aunque no muy útiles en nuestra situación actual.

—Solíamos hablar de hierbas, más que nada.

Trebastion resopló ruidosamente.

—Sólo espero que el alcalde Stern no se aparezca —murmuró—. Creo que estaría más que *dispuesto* a pagar una buena suma por mí.

—Yo casi tengo la esperanza de que los ghules se aparezcan —susurró Oliver a modo de respuesta—. Seguro que este tipo Bill los aniquila como si nada.

Levantó el cuero para abrir una rendija y miró hacia el exterior. La hoguera se había apagado, pero había un centinela en la entrada de la torre. De otras tiendas de cuero brotaba el ruido de ronquidos.

El centinela se veía decepcionantemente alerta. E incluso si no lo estuviera, había una estera junto a las brasas. El acero brillaba rojizo en la oscuridad.

Bill, el de los dientes de oro, dormía con la espada al lado de su almohada.

"Aún si pudiéramos sortear a Bill y hacer algo con el centinela, estaríamos en pleno bosque. Yo podría escapar, pero Trebastion es como un buey herido. Nos encontrarían rápidamente".

Una idea se materializó en lo más profundo de su mente, apenas un destello, no mayor que un renacuajo en el fondo de un pozo.

"Podría dejarlo...".

"No".

Se dio la vuelta, incómodo por haber pensado en eso siquiera.

Dejar a Trebastion atrás estaría mal. Tan mal como enviar a un muchachito de doce años a su muerte, nada más por la posibilidad de que llevara de regreso la lluvia.

"Soy mejor que Harold. Tengo que ser mejor y elevarme por encima de eso".

Su último pensamiento antes de quedarse dormido fue "Espero que el armadillo esté bien".

El armadillo estaba bien, tan bien como puede estarlo un animal familiar separado de su mago. Había encontrado un par de babosas. No estaban tan sabrosas como las que solía haber en el huerto, en casa, pero calmaban el hambre, eso sí.

Había recorrido todo el contorno de la colina, que era una misión mucho más seria para un armadillo que para un humano.

Oliver y Trebastion estaban en el interior de la torre derruida. Pero él no se atrevía a acercarse demasiado a los bandidos. Hay un cierto tipo de persona para la cual todo objeto que se mueva es un blanco para practicar tiro.

Esperó hasta que cayera la noche. Cuando el bosque quedó en la negrura profunda y se oían crujidos, subió por la colina.

El centinela miraba hacia la oscuridad, aunque no le sirviera de mucho. Del interior de la torre salían silbidos y gruñidos y todo tipo de ronquidos.

Eglamarck se acercó por entre la hierba hasta el borde del círculo de luz que trazaba la hoguera.

La cabeza del armadillo quedaba por debajo del campo de visión del centinela.

Para los humanos, la oscuridad es un problema. Para los armadillos es el estado natural.

Cuando tuvo la certeza de que la mayoría de los bandidos dormían, retrocedió y salió al trote hacia la parte de atrás de la torre.

En cierto punto, se detuvo.

Los magos tienen más sentidos que el resto de la gente. Pueden detectar la magia en otros magos, percibir la presencia de demonios, y unos cuantos, los más poderosos, pueden saborear el paso del tiempo, lo cual suele convertirlos en personajes cascarrabias.

Los animales familiares poseen todos esos sentidos y uno más: la capacidad para saber, sin vacilación, dónde se encuentra su mago en todo momento.

Eglamarck sabía, sin sombra de duda, que Oliver estaba al otro lado de esta piedra específica.

La examinó sin muchas esperanzas. Parecía pesar más de una tonelada.

Cinco minutos de escarbar la tierra fueron suficientes para confirmar que el piso de la torre era de piedra también, así que no habría posibilidad de cavar un túnel de escape.

Eso lo dejaba con una sola alternativa.

Suspiró, se encogió en una bolita tan pequeña como pudo, y lanzó su mente a la oscuridad.

"¡Hey!".

"¡Hey!".

"Oliver".

"¡Oye, tú! ¡Hey! ¡Préstame atención!".

Oliver abrió un ojo en la negrura.

Alguien estaba hablando dentro de su cabeza. Sonaba como…

—¿Armadillo?

"No hables en voz alta, a menos que quieras despertar a los guardias. Además, te hace parecer medio chiflado".

—Pero no sé cómo hablarte en mi mente —susurró.

La voz suspiró en su cabeza. "Haz de cuenta que estás hablando, y limítate a no mover los labios. Es como aprender a leer mentalmente en lugar de en voz alta".

Oliver se esforzó por poner en práctica ese concepto durante cosa de un minuto, y después…

"¿ASÍ?".

"¿Puedes pensar más bajito? Aquí todo resuena como un gong".

"PERDÓN. ¿ASÍ ESTÁ MEJOR?".

"No… No mucho. No importa. No te preocupes".

"¿CÓMO PUEDES HACER ESTO?".

"Soy un animal familiar. Tú eres mi mago. Es una de las cosas que podemos hacer".

"¡PERO NUNCA LO HABÍAS HECHO!".

"Nunca le había encontrado un propósito. Además, no estaba seguro de poderlo hacer hasta que lo intenté, y había una pequeña probabilidad de que te volvieras loco. Así que no quería correr el riesgo".

"ESPERA... ¿QUÉ TAN PEQUEÑA ERA LA POSIBILIDAD?", Oliver abrió ambos ojos y clavó la mirada en la oscuridad.

"Pensaría que es minúscula, despreciable. Aunque si empiezas a oír otras voces allá dentro, y yo no soy más que una de ellas, entonces estamos en problemas".

La única voz que Oliver podía oír era la del armadillo. Se sentía como si estuviera pensando, sólo que no estaba seguro de qué sería lo siguiente que iba a pensar.

"ESPERA. ¿Y CÓMO SÉ QUE NO ESTOY IMAGINÁNDO-ME TODO ESTO?".

El suspiro mental retumbó en el interior de su cráneo. "Imposible saberlo. Y no, no puedo demostrarte que no es así".

"PODRÍAS DECIRME ALGO QUE YO NO SEPA...".

"Y no sabrías si te estás diciendo la verdad o no. Así que ¿de qué serviría?".

Vencido (y desconcertado) por esta lógica, Oliver cerró los ojos de nuevo.

"Supongamos que no estás loco y no estás soñando y que de verdad te estoy hablando, y cuando te vuelva a ver, prometo que te daré una mordidita en la pierna para demostrarte que todo está sucediendo de verdad".

"MUY BIEN. ¿PUEDES SACARNOS DE AQUÍ?".

"Por supuesto. Mi audaz asalto en solitario a este nido de bandidos será materia de leyendas. Las madres le repetirán en voz baja mi nombre a sus crías en muchas generaciones por venir".

"NO TENÍAS QUE SER TAN SARCÁSTICO".

"Perdón".

"RESULTA MUY HIRIENTE CUANDO TE PONES ASÍ AQUÍ DENTRO".

"Pues sí. Y sería muy hiriente y doloroso aquí fuera cuando los bandidos me vieran".

Oliver pensó mucho. Estaba empezando a percibir los contornos del armadillo en su mente, una especie de sombra contra sus párpados.

"¿TÚ CREES...?".

"¿Eh?".

"¿PODRÍAS LLEGAR HASTA MI MOCHILA? AHÍ ESTÁ MI LIBRO DE MAGIA", Oliver se apretó el puente de la nariz entre los dedos. Si lograra tener el libro, a lo mejor podría usar el hechizo de invisibilidad, y así sería fácil salir del campamento caminando...

"No funcionará. Primero, dudo que puedas hacer que el hechizo surta efecto sobre ti mismo, y menos aún sobre Trebastion, y segundo, los bandidos notarían que los cueros de la tienda se mueven. Y probablemente yo no pueda llegar hasta el libro, a menos que lo tengan por ahí tirado afuera de la torre".

Oliver sofocó un suspiro.

"¿PODRÁS IR A BUSCAR AYUDA? ¿TAL VEZ TRAER A MI MAMÁ?".

Se hizo un largo silencio en su cabeza. Y después: "No quiero dejarte aquí. Podría sucederte algo. Podría ser que me necesitaras. Y...", Oliver tuvo la sensación de que la sombra se movía, incómoda, "si algo llegara a sucederte, yo volvería a ser un armadillo común y corriente. Ni siquiera podría decirle a tu madre dónde encontrarte".

Oliver se sintió conmovido y algo triste, a la vez.

Eso nunca lo había pensado. Cuando el viejo mago murió, la armadilla, su animal familiar, murió esa misma noche, encogida en una bolita a los pies del maestro, y los enterraron juntos.

"MUY BIEN. EN ESE CASO... CREO QUE VOY A NECESITAR ALGUNAS HIERBAS".

⋘⋙

Fue una mañana larga y tediosa en el campamento de los bandidos.

Los mandaron a cavar una nueva zanja para la letrina. Uno de los bandidos se sentó a unos cuantos pasos, con una ballesta, lo que desterró cualquier idea con respecto a escapar o a un encuentro clandestino con el armadillo.

Era una labor pesada, que los acaloraba. El suelo estaba compuesto de piedras y raíces de árbol. Cavar con la pala no era tanto un asunto de sacar tierra, sino más bien de clavar la punta en un lugar adecuado y hacer palanca con el mango para un lado y para otro hasta que algo se soltara.

Hacia mediodía, las cosas se pusieron emocionantes. Oliver hubiera preferido que no fuera así.

Bill, el de los dientes de oro, bajó por la ladera y le dijo al otro bandido:

—Oye, tú. Tráelos.

—Tengo un nombre, ¿sabes? —contestó.

Bill escupió y se alejó.

—¡Qué tipo más agradable! —opinó Trebastion.

—Es un idiota —dijo el bandido—. Empieza por ser grosero contigo y luego se emborracha y te rompe un brazo. Ésa no es la vida que yo me esperaba cuando seguí este camino... en serio.

—Nosotros tampoco nos esperábamos esto —comentó Oliver.

—Nadie espera lo que acaba sucediendo —concluyó el bandido en tono filosófico. Señaló la ballesta, y los dos muchachos subieron colina arriba.

Iban a medio camino cuando Trebastion quedó paralizado.

—Oh, no —murmuró.

Oliver miró hacia las ruinas de la torre. El jefe de los bandidos estaba frente a las ruinas, hablando con un desconocido.

El recién llegado era bastante alto, con una panza prominente y cabello escaso. Tenía la cara colorada y gesticulaba sin control.

—Es el alcalde Stern —explicó Trebastion.

—¿Me imagino que es tu alcalde?

—No es *MI* alcalde. La de mi pueblo era una viejecita, incapaz de hacerle daño a una mosca. Este tipo, en cambio, mata a niñitas y las entierra en los trigales.

El bandido amigable les dio un empujón amistoso. Empezaron a moverse de nuevo.

El jefe tenía una vaga sonrisa pintada en la cara. Bill estaba detrás de él, acariciando el filo de su espada con el pulgar. Oliver se preguntó cómo habría hecho para no haberse cortado el dedo mil veces ya.

Había unos cinco o seis hombres más abajo, en la cuesta, agrupados como pollitos. Al igual que los bandidos, venían armados, pero sin ballestas. A diferencia de los bandidos, no se veían nada cómodos.

—Es más gente del pueblo —murmuró Trebastion—. Creo que son parientes del alcalde.

Algunos de los hombres tenían cierto parecido con el alcalde Stern. Pero otros tenían una expresión que Oliver ya había visto antes, en las caras de la muchedumbre que lo llevó a él a las afueras de su aldea.

Era una expresión que dejaba traslucir que en realidad no les gustaba lo que estaban haciendo, pero habían llegado demasiado lejos como para retractarse.

—¡Allí! —gritó el alcalde Stern señalando a Trebastion—. ¡Ése es! ¡Ahí está el asesino!

—¡No soy un asesino! —respondió el joven juglar a los gritos—. ¡Usted fue quien mató a esos niños! Yo nada más construí el arpa.

—Fascinante —comentó el jefe, casi para sí mismo.

Oliver observó a uno de los hombres detrás del alcalde. Su cara se tornó del todo inexpresiva cuando Trebastion habló, como si quisiera reprimir cualquier pensamiento para que nadie se enterara.

"No es sólo enfrentar el hecho de que el alcalde sea un asesino", pensó Oliver. "Sino enfrentar la idea de que uno ha sido cómplice del asesino. Sería mucho más fácil para ese hombre si el culpable fuera Trebastion...".

—¿Lo ve? —exclamó el alcalde, volviéndose hacia el jefe—. ¡Debe entregármelo para poder hacer justicia!

Trebastion palideció. Oliver lo sujetó del brazo. El joven parecía listo para salir corriendo y, si llegaba a hacerlo, iba a terminar con una flecha de ballesta justo en medio de los omoplatos.

—¿*Debo* hacer lo que usted me dice? —contestó el jefe lentamente—. No veo por qué tendría que ser así.

—¡Es necesario hacer justicia! —gritó Stern.

—En verdad, espero que no —dijo el jefe de los bandidos—. He estado esquivando la justicia durante una buena cantidad de años, y hasta ahora me ha funcionado.

El alcalde se iba poniendo más y más rojo a cada instante; Trebastion, de una lividez cada vez más verdosa. Oliver apretó la mano que lo agarraba del brazo.

El bandido amigable les indicó que se acercaran al campamento. Por una vez, Oliver se alegró de que Bill estuviera ahí. El matón de los dientes de oro seguía de pie junto al jefe y parecía decidido a apuñalar a quien quiera que se moviera.

El alcalde Stern blandió un dedo tembloroso:

—¡Deberá reconocer que no podemos permitir que semejante cosa siga sin castigo!

—Pues yo no lo veo así —respondió el jefe—. Lo que veo es que sus hombres están tratando de escabullirse colina abajo, y que todos mis hombres tienen sus ballestas.

Varios de los que habían formado parte del grupo del alcalde dejaron de hacer intentos por llegar hasta los árboles y trataron de dar la impresión de que no iban a ninguna parte.

El alcalde respiró hondo.

Y entonces, muy de repente, su actitud cambió. Fue como si todo el escándalo hubiera sido una mera representación, y cuando se dio cuenta de que no produciría ningún resultado, pasó a otra cosa.

—Muy bien. Usted parece ser un hombre razonable. Estoy seguro de que podremos llegar a un arreglo que nos beneficie a ambos.

—Así está mejor —contestó el jefe—. Bill, lleva a nuestros dos "invitados" adentro, por si acaso el señor Stern decidiera hacer alguna cosa inesperada —sonrió amablemente.

El alcalde miró hacia donde estaban Oliver y Trebastion. Su mirada pasó por encima de Oliver, y el insignificante mago menor sintió un escalofrío que le subía por la espalda, como si una cucaracha acabara de pasar corriendo sobre sus pies.

Había algo retorcido en su interior, como si fuera otro ghul, pero sólo por dentro.

Oliver sintió como si hubiera recogido un trozo de carne en. descomposición y sintiera cosas retorciéndose entre sus dedos.

Miró hacia otro lado, al jefe, y vio algo definido y agudo en su sonrisa.

Él también se daba cuenta de eso retorcido. Tampoco confiaba en el alcalde.

—Adentro —les dijo el jefe a Oliver y a Trebastion—. No podemos arriesgarnos a que les pase nada a estos dos corderitos, ¿no es verdad?

—Por supuesto que no —añadió el alcalde Stern con su sonrisa falsa y escurridiza.

—Al menos —dijo el jefe, mientras Trebastion y Oliver entraban en la torre—, no mientras estamos negociando el precio de la carne de cordero.

❧ 8 ❧

—¡Tenemos que salir de aquí! —susurró Trebastion—. ¡Tenemos que salir ahora mismo!

—Los guardias siguen ahí —contestó Oliver—. Bill sigue siendo igual de grandote. No creo que lleguemos a ninguna parte.

Sí tenía un plan, al menos en parte… si es que el armadillo podía encontrar las hierbas adecuadas, pero iba a requerir por lo menos una comida para que pudiera funcionar. Es posible hacer muchas cosas con hierbas, pero primero hay que conseguir que las personas se las tomen. Agitar hojas y ramitas ante sus captores no iba a servir de mucho.

Trebastion no estaba de ánimo para oír sus ideas.

—Si Stern me llega a atrapar… ¿*sabes* lo que les hizo a esos niños?

—No, no lo sé —contestó Oliver—, y tampoco quiero enterarme —alguien con esa sonrisa podía ser capaz de cosas que Oliver ni siquiera alcanzaba a imaginar.

—Las arpas sentían *alivio* de haber muerto —contó Trebastion—. Me odiaron por haberlas revivido y hacerlas recordar lo que había sucedido, casi tanto como lo odiaban a *él*. ¡Ay, Dios mío! Me pregunto que habrán hecho con las arpas…

—Me preocupan menos las arpas que nosotros —Oliver miró por una rendija al levantar un poco el cuero de la tienda. Lo que veía eran las pantorrillas de Bill. Dejó caer el cuero de nuevo.

—A ti no te va a querer —dijo Trebastion en tono sombrío—. A menos que piense que te he contado cosas, y es probable que no le importe. Pero a mí sí me llevará, incluso si tiene que matar a todos y cada uno de los bandidos para lograrlo.

—Eso no puede hacerlo —repuso Oliver.

—Sí, lo haría en un abrir y cerrar de ojos. ¡Es un monstruo!

—No, no —pasó a explicar Oliver, con unas palmaditas en el hombro de Trebastion—. Quiero decir que no es *posible* que lo haga. No tiene los hombres para lograrlo, pues los que lo acompañan son todos granjeros. Yo no los provocaría a la hora de sacrificar un cerdo, pero estaba viendo que no traen hachas y ni siquiera horcas. Los del jefe tienen ballestas. Y tienen también a Bill.

Trebastion dejó escapar el aire lentamente:

—Tienes razón. Está bien.

Permanecieron sentados en silencio unos momentos. Oliver alcanzaba a oír a Stern levantando la voz, pero no podía distinguir las palabras.

—Pero puede ser que sí me venda —dijo Trebastion en tono derrotado—. Que me venda a Stern.

—Podría ser —contestó Oliver. Para sus adentros, pensó que era probable. Al jefe de los bandidos no le había caído bien Stern, pero no era necesario que le cayera bien para aceptar su dinero. Y las personas que habitaban en los bosques y se aprovechaban de los viajeros no solían tener un corazón de oro, a pesar de lo que digan las leyendas.

—Si lo hace, me doy por muerto.

Oliver apoyó la barbilla en la mano.

—Tal vez —comentó al fin—. Pero piénsalo mejor. ¿Tú crees que sus hombres saben cómo es él en el fondo? Dijiste que eran casi todos parientes suyos, y que los había incitado a formar parte de ese destacamento.

Si Harold, el molinero de su aldea, hubiera estado matando gente y metiéndolos bajo los tablones del piso del molino… pues Oliver los habría encontrado, porque había recorrido hasta el último rincón del lugar cuando hubo aquella infestación.

Y las víctimas de asesinato suelen producir cosas mágicas en el suelo. Lo habría notado. Había una zona en los linderos de las tierras de Vezzo donde cien años atrás había existido un patíbulo, y todavía no era posible sembrar papas a quince pasos a la redonda.

Basta con ver sangrar una papa una sola vez para que uno se vuelva muy cuidadoso con sus cultivos.

Pero supongamos que Harold hubiera *asesinado* a unas cuantas personas. Nadie en la aldea iba a quererlo creer. No querrían que alguien a quien conocían resultara ser un asesino. Harold defendería a gritos su inocencia, y todo el mundo lo respaldaría…

… hasta cierto punto.

Pero si Harold traspasara los límites y alguien lo pillara en el intento (supongamos que hiciera algo extremadamente *sospechoso*), el resto de los aldeanos se pondrían en su contra. El hecho de ser uno de los pilares de la comunidad no lo protegería para nada.

Y lo cierto es que estarían mucho más molestos que si supieran desde un principio que era un asesino, porque se enojarían con ellos mismos por no haberlo frenado antes.

—*Creo* —explicó Oliver con parsimonia— que están asustados. Son una especie de masa, ¿me entiendes? Siguen a Stern porque grita más fuerte, tal como la gente de mi aldea siguió a Harold, el molinero, cuando empezó a gritar que yo tenía que conseguir que volviera a llover —se recostó, cerrando los ojos. Dos multitudes, dos conjuntos de rostros asustados y molestos—… Esto ha llegado demasiado lejos. La mayoría no saben bien qué es lo que está pasando, y eso no les gusta. Si Stern llega mucho más allá, se darán cuenta de que es un monstruo. Pero si lo *aceptan*, tendrán que aceptar también que estaban equivocados desde un principio, y que habían estado ayudándole a un monstruo.

—Bien —contestó Trebastion—. ¿Y qué crees que significa eso?

—Creo que si convence al jefe de venderte, al principio estarás a salvo —dijo Oliver—. Puede ser que las cosas se pongan un poquito feas pero no va a hacerte nada muy terrible mientras haya otros alrededor. Y será cuando regresen a su pueblo que tendrás que preocuparte.

—Más bien me empezaré a preocupar desde *ahora*, si no te importa —repuso Trebastion—. Podrás decir que las cosas se pondrán un poquito feas, pero igual me va a doler lo *poco* que me haga. ¿Y qué tal que te equivoques y que ésos sean una manada de locos?

—Entonces, estarás en problemas —opinó Oliver.

En el silencio que siguió, ambos pudieron oír a Stern gritando con total claridad:

—¿Está usted completamente loco? ¡Con esa suma podría comprarme cincuenta acres de tierra!

—Bueno, al menos le vas a costar un montón de dinero —dijo Oliver.

—Perdóname si no me parece mayor consuelo.

Transcurrieron varias horas y el sol ya había empezado a descender por el cielo cuando la tienda se abrió y Bill metió un brazo y sacó a Trebastion.

—Hora de irse, niño-juglar —dijo el bandido, relamiéndose los dientes de oro.

A Trebastion la cara se le puso del color del queso viejo.

Bill lo llevó a rastras a través de la torre. Trebastion se resistió, pero sin mucha energía (había un límite a lo que cualquiera podía hacer en contra de alguien del tamaño de Bill).

Oliver corrió tras ellos. No se oyó ningún grito de "¡Alto!" así que era muy posible que no hubiera nadie mirándolo. Se detuvo a la sombra de una de las tiendas y miró sin asomarse.

—Es un robo descarado —gruñó Stern, contando las piezas de oro para ponerlas en la mano del bandido.

—Un robo, sí que lo es —dijo el jefe amablemente—. ¿Qué más podía esperar de un bandido?

—Si nos atuviéramos a la justicia, debería ordenar que se lo llevaran a los calabozos y le dieran unos buenos azotes —se quejó Stern.

—Cuidado, cuidado —advirtió el jefe—. Ahora no vaya a rechazar el trato (¡ojo, esa moneda está partida, mi amigo, a ver si me la reemplaza!), y menos cuando estamos a punto de cerrarlo.

Se percibía una agresividad desacostumbrada en la voz del bandido. Oliver se alejó un poco en la sombra y estudió la cara del hombre.

"No le gusta esto. Sabe que Stern va a hacerle algo bastante feo a Trebastion cuando tenga oportunidad".

"Y a pesar de eso, va a llevarse el dinero".

—Ahí está —dijo Stern—. ¿Todo según sus expectativas?

—Tanto como podría estarlo —contestó el jefe alivianando el tono general. Sopesó las monedas varias veces en su mano.

—Entonces, entrégueme al chico —dijo Stern.

—Como usted lo desee. Bill...

Bill sujetó a Trebastion del pellejo de la nuca y lo cargó hacia los hombres de Stern. Todos dieron un paso atrás. Oliver se movió hacia el borde de la torre, tratando de ver con claridad la cara de su amigo.

"No, no, esto no puede estar sucediendo de verdad. Lo tienen en sus manos. ¡Tengo que hacer algo...!".

—¡No me hagan esto! —chilló el prisionero—. Va a matarme como hizo con esos niños... por favor, no me entreguen...

Bill lo soltó. Trebastion rápidamente se puso en pie y corrió hacia el final del gentío. Uno de los hombres de Stern lo agarró. El propio Stern se metió en la refriega y prácticamente se abalanzó contra Bill, que protestó con un gruñido y se llevó una mano a la empuñadura de la espada.

Varios de los bandidos se adelantaron. Alguien aprestó una ballesta.

Oliver se habría quedado en la entrada de la torre, observando, mientras todo ese caos se resolvía, pero una voz le gritó en el interior de su cabeza: "Corre, no seas idiota, corre ahora mientras nadie te está viendo".

El armadillo, por supuesto.

Oliver miró rápidamente alrededor, vio que todos los ojos estaban puestos en la escena que se desarrollaba, y se agachó para quedar a cubierto tras el muro de la torre. Unos cuantos pasos presurosos, y ya estaba detrás de la torre. Alcanzaba a oír los gritos tras él:

—¡Agárrelo, idiota!

—¡Haga algo!

—Si usted no sabe ocuparse de sus compras, no es asunto mío...

Oliver corrió hacia los árboles.

Por poco lo logra. Ya alcanzaba a distinguir las hendiduras en la corteza del árbol más cercano cuando una mano se cerró alrededor de su cuello y tiró de él hacia atrás. Oliver cayó contra el suelo, y el golpe le sacó todo el aire de un solo resoplido.

Miró hacia arriba, y más y más arriba. La vista no mejoraba para nada.

—¿Y adónde crees que vas? —preguntó Bill—. Pensaste que te podías escapar mientras estábamos mirando para el otro lado, ¿cierto?

—Tenía que hacer pipí... —contestó Oliver con voz débil. Sentía las costillas magulladas.

En su cabeza se formó un pensamiento que tenía que ser algún improperio del armadillo. Sonaba parecido al bufido de un gato y apestaba a cerveza agria. Eso ahogó el mundo alrededor durante unos segundos, pero tal vez había sido mejor. Bill no estaba diciendo nada que Oliver quisiera oír.

—... los *pies* si lo intentas de nuevo —terminó el matón.

Oliver podía ver las fosas nasales del otro. No era una vista que le produjera la más mínima curiosidad.

Bill lo levantó por el cuello de la camisa, como si fuera un gatito, sin hacer caso de los ruidos de asfixia mientras la tela le cortaba la respiración a Oliver, y lo cargó de regreso al campamento.

—Entra —dijo, arrojándolo hacia el rincón donde estaba esa diminuta celda-tienda.

Trebastion y Stern ya se habían marchado. El bandido amigable meneó la cabeza, decepcionado.

—¿Ya te hartaste de nuestra compañía?

Oliver murmuró algo y se escabulló en la rústica tienda del rincón.

"Bueno, ¿y ahora qué?".

"Siéntate quietecito", le aconsejó su animal familiar mentalmente. "Volveré pronto".

La presencia del armadillo en su cabeza se fue haciendo más tenue, como si se estuviera alejando. A Oliver no le gustó para nada, pero tal vez iba en busca de ayuda.

Tan sólo confiaba en que esa ayuda llegara a tiempo.

❦

El armadillo sí iba en busca de ayuda, pero no la que Oliver se imaginaba.

En lugar de eso, había dado con los Bryerly.

La tarde iba llegando a su fin y los Bryerly estaban dormidos en una hondonada en el suelo del bosque. El repugnante olor dulzón a enfermedad y huevos de hormiga emanaba de ellos.

La vista no era el sentido más agudo del armadillo, pero los veía menos humanos que en la granja. A lo mejor sin estar rodeados por todos los adornos de humanidad, sillas y mesas ante las cuales sentarse y camas para dormir, habían ido acercándose a sus raíces. Eglamarck siempre había sospechado vagamente que los humanos se comportaban tal como lo hacían porque tenían un exceso de muebles que saturaban su vida.

O será que los ghules se ven más como tales cuando tienen hambre. Sólo los ancestros acorazados lo saben.

Uno tenía un largo brazo extendido, la boca abierta contra la tierra y las hojas. Las uñas en esa mano se veían largas y sucias, y habían trazado surcos en la hojarasca durante el sueño. El otro estaba encogido sobre sí mismo, pero no parecía un animal dormido, sino más bien una araña muerta.

El armadillo retrocedió. No estaba muy seguro de si los ghules podrían detectar su olor, pero no quería correr ningún riesgo.

Mientras andaba buscando las hierbas para Oliver, con muy poco éxito, se había topado con un rastro oloroso que le había producido enorme alivio.

Cerdos. Y no enormes jabalíes salvajes y peludos, de los que pueden despedazar a un hombre o a un perro de caza con la misma facilidad con la que el armadillo destroza un hormiguero, sino que eran cerdos domésticos. La hembra y el macho habían hecho su lento y pesado camino hasta el bosque de Harkhound.

Los había detectado en el camino una o dos veces, pero al parecer habían preferido ir a campo traviesa en una ruta más directa. Los habían perdido desde días antes de llegar al bosque, pero aquí estaban otra vez.

Una vez que encontró la pista de nuevo, pudo andar más rápido. Los cerdos eran capaces de borrar su rastro y desaparecer cuando lo querían, pero estos dos no se molestaban en ocultarse. Iban atravesando el bosque, deteniéndose para revolcarse a gusto, rascarse contra los troncos de los árboles, y sacar de la tierra cualquier cosa que les pareciera apetitosa.

Confiaba en que eso no incluyera un bocado de armadillo. Los cerdos tienen buena memoria, pero también gozan de un apetito insaciable.

Y a pesar de eso, eran lo más cercano a tener amigos en ese bosque en ese preciso momento.

Eglamarck enderezó sus hombros escamosos, y se adentró al trote en la espesura.

❧

Oliver se despertó de un sueño profundo porque alguien había gritado.

Era un grito ronco y masculino de dolor, espeluznante. Y luego vino un sonido de algo húmedo que se arrancaba de alguna parte y el grito calló, lo cual fue mucho peor.

"¿Qué sucede? ¿Nos atacan?".

Su primer impulso fue salir a ver qué había sido el grito y averiguar si podía hacer algo al respecto. No llegó más allá de alcanzar con la mano la abertura de esa especie de tienda antes de pensar "¿Y si son los ghules? ¿O Stern?", y sintió la necesidad apremiante de desaparecer en su rincón.

"No seas tonto. Una cobija que te cubre no va a salvarte. Te encontrarán".

Oliver levantó el cuero lo suficiente para poder mirar con un solo ojo a través de él. Lo único que alcanzaba a distinguir eran parches de luz de luna y movimiento. Había algo grande en el campamento. Eran dos algos.

Bill rugió de ira y luego se oyó un chillido potente como de un… ¿un cerdo?

Algo golpeó contra el lado de cuero y prácticamente lo hizo caer.

"¡Corre!", gritó el armadillo en su cabeza. "¡Corre, rápido! ¡Por el lado de atrás de la torre, mientras están distraídos!".

Oliver obedeció. Atravesó los cueros y corrió, agachado. Vio una enorme sombra que tenía que ser Bill, pero el bandido le daba la espalda.

"No te metas frente a los cerdos. No pueden ver muy bien y ya están bastante alborotados".

El armadillo no tuvo que decírselo dos veces. Vio a los cerdos moviéndose a la luz de la fogata, grandes bultos peludos de cuero y rabia. Había una figura en el suelo, que parecía humana, completamente inmóvil. "¿El jefe? ¿Alguien más?". Bill había desenvainado su espada y estaba lanzando tajos a uno de los cerdos, pero parecía que o bien no hacía blanco o el cerdo no lo sentía.

"¡Vamos, vamos!", el armadillo sonaba frenético. "¡Apúrate!".

Oliver corrió tambaleándose por la parte de atrás de la torre, tropezando con todo, y estuvo a punto de caer. Su propia mochila casi lo hace caer de bruces por segunda vez. Afortunadamente, los bandidos estaban más ocupados con los cerdos que con él. Tomó la mochila y corrió.

El corazón le latía desbocado mientras bajaba apresuradamente por la ladera. Una sombra pequeña y acorazada lo aguardaba, apenas cruzando el límite del bosque. Se lanzó hacia él y, como se lo había prometido, le dio una mordida diminuta en una espinilla.

Oliver levantó a su animal familiar, casi sollozando. El armadillo le lamió la mejilla y dijo:

—¡No hay tiempo! ¡Ahora, corre!

Después hubo sólo carreras presurosas e instrucciones a gritos que venían del armadillo. Iban a alguna parte. A Oliver no le importaba adónde, mientras fuera lejos de los bandidos y de los cerdos enfurecidos.

—Aquí —jadeó el armadillo—. ¡Aquí dentro! ¡Rápido!

Oliver no estaba seguro de qué tan lejos había llegado en el bosque. Probablemente no lo suficiente. Le faltaba el aire, y en cualquier minuto, los ghules vendrían en su busca.

El armadillo también jadeaba pero había insistido en correr y no que lo cargara.

Patinó hasta detenerse frente a un tocón de árbol. Una gran pieza de corteza se había desprendido, dejando un hueco de madera podrida detrás.

—¿Estás… seguro? —Oliver apoyó ambas manos en sus rodillas y jadeó tratando de recuperar el aliento.

—Anoche lo exploré —dijo el armadillo—. Como no puedes dejar atrás a los bandidos, más vale esconderse.

—Pero… ¿y Trebastion?

—Más adelante. No lo vamos a abandonar. Pero no podrás ayudarlo si te atrapan. Métete al hueco del tronco.

Oliver se metió a gatas en el tronco hueco. La parte podrida se extendía bajo la tierra, cosa de un palmo, de manera que cuando se encogía dentro, la cabeza le quedaba como al nivel de las rodillas.

Oliver oyó un grito distante y se estremeció. Los bandidos tenían que estar sobre su pista en ese momento. No sabía qué tan diestros eran para moverse por el bosque, pero seguro que era evidente qué camino había tomado, incluso en la menguante luz del día.

El armadillo trató de mover la lámina de corteza con su hocico.

—Anda, hazlo tú que tienes pulgares. Ponla en su lugar. Usa tu hechizo.

Oliver arrastró la corteza tan alto como pudo con sus manos. Apretó las mandíbulas. "Para acá, para allá…".

En comparación con la tranca en el granero de los ghules, esto era fácil. La corteza era muy voluminosa, pero pesaba poco. El principal problema era conseguir sujetarla bien desde un principio.

—¡Más arriba! —murmuró el armadillo—. Un poco más arriba, y nadie podrá decir que aquí hay un hueco. ¡Apúrate!

"Para acá, para allá".

"Si pudiera hacerme invisible, ¡no tendría que ocuparme de estas tonterías!".

—¡Perfecto! —dijo el armadillo. Oliver oyó un rasqueteo en el suelo afuera—. Me encargaré de ocultar tus huellas. No vayas a hacer ni el menor ruido. Si necesitas comunicarte, que sea mentalmente.

Se oyeron más ruidos de rasqueteo, alejándose cada vez más del árbol.

Oliver levantó los hombros casi hasta sus orejas. "He pasado mucho tiempo últimamente ocultándome de la gente", se dijo.

Al menos, no había ramitas de lila pinchándole la oreja. Y los bandidos probablemente no se lo comerían si lo atrapaban.

Lo malo era que la parte baja de su espalda se le estaba entumiendo por estar encogido en esa postura tan incómoda, un libro que se le encajaba en la espalda, y algo pequeño y móvil con demasiadas patas le caminaba por el tobillo.

"Por favor, por favor, que sea un milpiés. Si un ciempiés me llega a morder, voy a gritar, porque ésos duelen. Por favor, que sea un milpiés".

Se oyó un golpe y el crujido de hojas al paso de alguien que se acercaba.

La cosa que se movía andaba en la parte alta de su calcetín izquierdo. Oliver cerró los ojos y pensó: "milpiés, milpiés, milpiés...".

—Maldita sabandija —dijo Bill prácticamente por encima de su cabeza—. No puedo ver nada en esta oscuridad.

Oliver dejo de pensar en la invisibilidad o en los milpiés y puso todo su esfuerzo mental en el hechizo "para acá, para allá". Si la corteza se llegaba a caer mientras Bill estaba ahí...

—Bueno, a ése no le habían puesto precio —dijo otro bandido. Oliver pensó que podía hacer el mismo bandido amigable de antes—. No íbamos a caminar cinco días a través de campos de cultivo para pedir rescate por ése. Yo digo que regresemos. No lo vamos a encontrar así de noche, y todavía tenemos que enterrar a Sid, y creo que el jefe está más herido de lo que dijo en un principio.

Se oyó un golpe sordo cuando alguien pateó el tronco hueco. La corteza trató de resbalarse y Oliver la agarró con sus brazos mentales: "¡Para acá, para acá! ¡Quieta ahí!".

—Por eso lo quiero atrapar —gruñó Bill—. Por lo que le hizo a Sid.

—¿Tú crees que fue él? A mí me pareció que era un cerdo.

—¿Y qué hacía un cerdo por esa ladera? Y no sólo uno... ¡Eran dos! Era magia, eso es lo que fue. Esas cosas eran sus animales familiares o demonios o algo así.

—Si tú lo dices, Bill —el bandido amigable no sonaba muy convencido—. Pero es probable que ya vaya lejos. Me pareció que vi unas ramas rotas por este lado, pero no soy un sabueso.

—El jefe va a enojarse mucho —gruñó Bill.

—El jefe tiene cosas más importantes por las cuales preocuparse. Y sacó el doble de lo que esperaba en el rescate del otro.

Alguno de los dos, probablemente Bill, escupió en el suelo.

—Debió haber degollado a ese tipo Stern para saquear el cadáver también.

—Por esta vez, estoy de acuerdo contigo, Bill...

Oliver estaba concentrado con tal empeño y apretaba tanto la mandíbula que al principio no comprendió el sonido que vino después.

Pisadas.

Pisadas que se *alejaban*.

Unos minutos después, el armadillo empujó la corteza hacia un lado con la punta del hocico y se trepó al tronco.

—Se fueron —dijo—. ¿Sabías que tienes un milpiés en el zapato?

Oliver abrazó a su animal familiar y se sorprendió al romper a llorar.

—Estoy bien —le sollozó al perplejo armadillo—. Estoy bien. Estoy bien. Todo bien —como estaba llorando, era casi imposible reconocer las palabras, pero su animal familiar entendió el fondo del asunto.

—No te oyes como si estuvieras muy bien —contestó.

—Estoy... bien... —insistió Oliver, doblado sobre sí mismo con los sollozos.

Sabiamente, el armadillo dejó de discutir y pasó más bien a lamerle la cara.

—Perdón —dijo el mago con voz ronca unos minutos más tarde—. Es que... todo. Lo siento.

—Me sorprende que no lo hubieras hecho hasta ahora y no antes —repuso el armadillo en tono práctico—. Los humanos necesitan desahogarse o empiezan a comportarse de manera muy extraña. ¿Te sientes mejor ahora?

—Creo que sí —contestó Oliver, enderezándose. Respiró hondo, y el aire se le atoró un poco al final, para luego concentrarse en exhalar lentamente—. Sí, mejor. Ésos eran los cerdos de la granja, ¿cierto?

El armadillo asintió.

—No es que puedan entender que los favores se devuelven, pero sí comprenden lo que es ayudar. Y luego de lo de los Bryerly, creo que querían vengarse de algo que tuviera forma humana.

Oliver tragó saliva. "Tenemos que enterrar a Sid". No sabía cuál de todos sería Sid pero, fuera el que fuera, estaba muerto. Y el motivo había sido Oliver.

No podía culpar a los cerdos por salvarle la vida, pero una parte de su ser, la que había crecido entre granjeros, le echaba en cara a gritos que había soltado a dos cerdos en el bosque y los había llevado a matar humanos y que eso era una acción tan terrible como cualquiera que hubieran cometido los bandidos.

Pero lo hecho, hecho estaba. Y no iba a culpar al armadillo por eso. El armadillo no había sido el tonto que se había dejado atrapar y que había necesitado ayuda.

—Todavía puedo oír lo que piensas —dijo su animal familiar con cierta pesadez.

Oliver se tapó la cara con las manos.

—Odio esto —dijo, sorprendido por el tono coloquial de su voz.

—Ya lo sé —el armadillo se recostó contra su pierna. Luego de un momento, como si no estuviera seguro de si decirlo serviría de algo o no, agregó—: Tu madre ha matado gente.

Oliver soltó una carcajada ronca.

—Sí —dijo, restregándose la cara—. Ha matado gente —nunca lo había pensado mucho antes. Su madre era… digamos… *buena*. Había sido guerrera y, todavía ahora que estaba retirada, era fiera y fuerte y bondadosa. Oliver hubiera dado lo que fuera por tenerla a su lado. Ella le hubiera podido decir cómo se debería sentir en ese momento, con respecto a Sid y a Bill y todo eso.

Pero no estaba allí con él. Y Oliver había escapado, con la ayuda de sus amigos.

—¿Los cerdos están bien? —preguntó.

—No lo sé —dijo el armadillo—. Necesitamos averiguarlo, pero no quiero andar por el bosque de noche con ghules y bandidos rondando por ahí. Esperemos hasta que salga la luna y nos alejaremos de la torre, para decidir qué hacer después.

La luna tardó mucho en salir. Oliver alcanzó a dormitar un poco, cosa que lo asombró cuando se despertó (el armadillo estaba menos sorprendido. Según le había dicho su madre, los humanos ríen o lloran o se enfurecen cuando se les presiona demasiado y después, por lo general, caen profundamente dormidos. La madre del armadillo había sido una aguda observadora de la humanidad, incluso si sus ojos estaban apenas a medio palmo del nivel del suelo).

Cuando Oliver se despertó, el armadillo se había ido. Se habría preocupado, pero su espalda y su cuello y su pierna izquierda le hicieron saber que dormir encogido como bolita en un tronco hueco era una idea verdaderamente desastrosa, y para cuando consiguió desentumirse masajeándose el pie, el armadillo ya había regresado.

—Encontré el rastro —dijo.

—¿De los cerdos?

El armadillo puso los ojos en blanco.

—Eso no es un rastro sino prácticamente una carretera. Nos están esperando. No, quiero decir la gente que se llevó a Trebastion. ¿Vamos a seguirlos o a tratar de huir de ellos?

—Los vamos a seguir, claro —contestó Oliver, sorprendido porque su animal familiar lo preguntara—. ¡Tenemos que arrebatárselo a ese hombre!

El armadillo asintió.

—Pensé que dirías exactamente eso —dijo—. Sólo que las probabilidades de que este fulano Stern acabe asesinándonos de manera horrorosa son muy altas, y entonces nadie podrá llevar la lluvia a ninguna parte.

—Sí, en fin —Oliver salió del tronco hueco y trató de estirar la espalda con un silbido de dolor—. Este viaje no ha sido más que ir topándonos con gente que quiere matarnos de manera horrorosa.

—Así es —el armadillo partió hacia el bosque—. Primero, los cerdos.

El armadillo tenía razón. A pesar de que Oliver a menudo se había sorprendido con la habilidad de un cerdo para simplemente desaparecer, estos dos, macho y hembra, no se molestaban en hacerlo. Habían dejado un rastro de árboles derribados y huellas en el barro tras ellos. En cierto punto, habían tenido que dar un rodeo en un lugar donde parecía que se habían revolcado en el fango. Los cerdos evidentemente no estaban preocupados porque los fueran a perseguir.

Es cierto, cuando uno pesa ciento cincuenta o doscientos kilos y está hecho de músculo y pelo erizado, probablemente no tenga que preocuparse demasiado.

Oliver jamás había sentido envidia de un cerdo. Era una sensación extraña.

El primer vistazo que alcanzó a tener de ellos fueron los parches blancos en los costados de la hembra. Relumbraban a la luz de la luna.

—¿Y dónde está el macho? —murmuró Oliver, de repente lleno de pánico. ¿Acaso se habría herido al ayudarle a él?

—A un par de pasos a tu izquierda —dijo el armadillo.

Oliver soltó un chillido nada elegante. Volteó la cabeza y captó el brillo de unos ojos diminutos.

El cerdo resopló.

—Le pareció muy cómico —tradujo el armadillo—. Los cerdos tienen un sentido del humor un poco... rudimentario.

—¿Resultaron heridos?

—El cerdo recibió un tajo, pero no penetro más allá de la capa de grasa. Se pondrá bien. La hembra apesta a sangre, pero es toda humana.

Oliver se estremeció. A pesar de todo, no podía quejarse. Ese par de cerdos habían arriesgado sus vidas por él, y su madre le hubiera dado un buen sermón sobre la ingratitud.

—¿Podrías darles las gracias de mi parte? —preguntó Oliver—. ¿Por salvarme?

—En realidad, no —contestó el armadillo tras pensarlo—. Pero déjame ver qué puedo hacer.

El armadillo trotó hasta la cerda. Ella bajó la cabeza. Ambos respiraron echándose el aliento uno a otro, mientras Oliver trataba de alejarse un poquito del macho sin mostrarse demasiado obvio.

Luego de unos momentos, el armadillo asintió y se alejó.

—Ven, pues.

—¿Ya nos vamos?

—Estamos en buenos términos ahora, no forcemos las cosas. Siguen siendo tan sólo cerdos.

Oliver levantó una mano. Estaba casi seguro de que los cerdos no entenderían una señal de despedida, pero se sintió mejor al hacerla.

—¿Qué les dijiste? —preguntó, a medida que se adentraban en el bosque por la vereda dejada por los cerdos.

—Cerdos buenos. Humano bueno. Armadillo bueno. Todos buenos. Todos juntos y buenos —el armadillo se encogió de hombros—. Eso es lo más cerca que pude llegar de "gracias, y somos amigos".

—Mucho mejor de lo que yo lo hubiera podido hacer —dijo Oliver—. Gracias.

—Ay, bueno… —su animal familiar resopló con brusquedad—. Ahora, vamos a buscar a Trebastion y sigamos con eso de terminar asesinados de manera horrorosa.

Oliver sonrió, sarcástico. No debería sentirse mejor por eso pero de alguna manera así era.

—¿Dónde está la vereda?

—Tuve que rodear el campamento de los bandidos para llegar hasta ella la primera vez, pero creo que la podemos tomar más lejos de manera que no tengas que acercarte demasiado a los bandidos… O a lo que queda de ellos…

—Te sigo.

Una hora más tarde, la luna había avanzado por el cielo y el armadillo había reconocido su derrota.

—Los perdimos —dijo con tristeza—. En alguna parte por el camino. No sé cómo, porque dejaron un rastro como el de un ejército, pero en este bosque… Todo lo que sé es que, a estas alturas, debimos habernos cruzado con su ruta. Hace rato ya —pronunció una breve maldición de armadillo, que sonó como un resoplido enojado.

—¿Tenemos que regresar al campamento de los bandidos e intentarlo de nuevo? —preguntó Oliver preocupado.

El armadillo arrastró los pies por el suelo.

—Supongo que no tenemos mucho de donde escoger. ¡Ay! A este paso va a amanecer para cuando los encontremos de nuevo… Aunque, puede ser que con los ghules andando por ahí, ese retraso sea algo bueno.

Oliver se mordió los labios.

—Yo podría tratar de captar la magia —dijo lentamente—. Trebastion es un mago, aunque no lo sea mucho en verdad. Si pudiera detectar su aura de alguna forma...

El armadillo se echó sobre sus patas traseras.

—Vale la pena intentarlo —dijo—. Los ancestros acorazados saben que ya se me acabaron las ideas, de cualquier forma.

Oliver se sentó y estuvo removiéndose hasta quedar cómodo. Cerró los ojos y trató de abrir su mente al bosque.

No era exactamente magia lo que hacía. La magia implicaba "hacer" algo, y esto era únicamente sentarse y existir y observar.

"Observa con tu piel", le había dicho el viejo mago una o dos veces. Oliver no estaba seguro de si estaba haciendo lo que su maestro había dado entender, pero era lo más cerca que podía llegar. Nunca podía estar seguro de si estaba viendo con su piel o si todo estaba en su cabeza.

Tampoco creía que importara mucho. La magia estaba toda en su cabeza, básicamente, hasta que dejaba de estarlo.

Lo que su piel veía ahora era el bosque de Harkhound. Era enorme. Se extendía más y más, mucho más allá de los límites de lo que Oliver podía abarcar con su mente. Percibía árboles y raíces y hojarasca y al armadillo frente a él, como una pequeña estrella malhumorada.

"Trebastion", pensó. "Busco a Trebastion. Tiene un poco de magia, que irradia y permanece a su alrededor. Tan sólo un poco".

El bosque de Harkhound permaneció vasto y silencioso e inmutable. El movimiento de un helecho a medida que un insecto trepaba por él despertaba más atención en el bosque que el paradero de un humano.

"Por favor", pensó Oliver, "por favor, ¿podrías auxiliarme?".

Silencio.

Oliver se dejó caer decepcionado y abrió los ojos.

—No sirve de nada... —empezó, y de repente vislumbró algo de color rojo por el rabillo de un ojo.

No tenía sentido. El bosque estaba oscuro, iluminado apenas por retazos de luz de luna. Cualquier cosa roja se habría visto negra. Pero esto había sido un vistazo raudo de rojo brillante, tan claro como si estuvieran a la luz del día, que se desvaneció antes de poder fijar la vista en él.

—¿Qué pasa? —preguntó el armadillo.

Oliver meneó la cabeza y se puso en pie.

—Vi algo rojo —explicó—. Por ahí.

—¿Sangre?

—No... —no había sido del tono de rojo de la sangre sino el de una manzana o un tomate maduro, un color alegre completamente fuera de lugar en un bosque tupido durante la noche.

Caminó hacia el lugar donde había visto el color.

No había nada allí, cosa que en realidad no lo sorprendió mucho. Si había visto algo que era visualmente imposible, tal vez no lo había visto con los ojos.

"Observa con tu piel".

Cerró los ojos de nuevo y trató de ver a través de la piel.

Oscuridad. Hojas. Los troncos de los árboles, más viejos que el ser humano más anciano, lentos e inmutables. La llamada de los insectos nocturnos, que se elevaba del suelo como niebla.

Detrás de sus párpados, otro vislumbre de rojo. ¿Alguien que se agazapaba tras un árbol?

En su mente, podía oír a Trebastion cantando:

En el bosque, en el bosque,

Su espíritu vaga todavía,

Con su rojo vestido

En el bosque, en el bosque, en el bosque…

—Vamos —le dijo Oliver a su animal familiar—, creo que alguien quiere indicarnos por donde ir.

—¿Hacia Trebastion o hacia una muerte horrorosa? —preguntó el armadillo, moviéndose tras él.

Oliver se encogió de hombros.

—A estas alturas, no sé si importa demasiado. No tenemos más guía.

El armadillo murmuró algo, pero empezó a trotar y lo siguió.

❧ 9 ❧

Fue una caminata extraña y vacilante, a través del bosque.
Oliver perdió dos veces a su guía y tuvo que regresar. Fuera lo que fuera eso que estaba tratando de darles indicaciones,
se desvanecía como un fuego fatuo cuando trataba de mirarlo
directamente.

—Así es como la gente termina atrapada en un árbol por
alguna ninfa del bosque para toda la eternidad —gruñó el
armadillo—. ¡O… pssst…!

Oliver se detuvo en seco.

—¿Qué?

—Algo allá delante. Oigo… ¡Ahí!

Se veían titilar luces por entre los árboles. Oliver se acurrucó, aunque sabía que cualquiera que estuviera junto a las
luces se encontraba a cientos de pasos, y probablemente no lo
alcanzarían a distinguir.

—Iré a ver —dijo el armadillo.

Oliver asintió.

En cuanto su animal familiar se alejó, cerró los ojos y susurró "Gracias" a lo que fuera que los había guiado hasta allí.

Y entonces percibió algo, un rumor tan tenue que hubiera
podido ser el sueño de un helecho o el latido del corazón de

un ratoncito bajo la tierra. Cuando abrió los ojos, la luz de la luna se veía moteada de color rojo manzana.

Oliver ya estaba de rodillas, pero bajó la cabeza, rebosante de sentimientos complejos que no sabía enfrentar. Cuando la bondad provenía de fantasmas asesinados y cerdos extraviados, y los adultos que se suponía que le ayudarían eran monstruos que bien podían hacerse pasar por hombres... ¿qué debía hacer él? Nada de eso estaba bien. Anhelaba que el mundo fuera diferente.

"Pero no soy más que un insignificante mago menor y no sé cómo arreglar nada de esto...".

El regreso del armadillo estuvo precedido por breves resoplidos y exhalaciones entrecortadas.

—Son ellos —dijo—. Ven. Hay un grupo de arbustos tupidos lo suficientemente cerca como para aproximarte y que no te oigan porque... bueno, porque no te van a oír.

Oliver quedó desconcertado con semejante afirmación hasta que llegó arrastrándose a corta distancia del campamento, y entonces entendió, porque pudo oír con sus propios oídos el golpe de carne contra carne.

El alcalde Stern estaba de pie junto a Trebastion, con los brazos levantados. Mientras Oliver miraba, apretando las mandíbulas, las manos de Stern bajaban para volver a elevarse, pegándole al juglar una y otra vez, con un eventual crujido, o con el sordo ruido de la masa de pan sobre una mesa.

Trebastion no hacía el menor intento por defenderse. Se había encogido en lo más parecido posible a una bolita, con los hombros levantados hacia las orejas, tratando de protegerse la cara y las manos.

Le tomó un momento poder despegar la mirada de ese espectáculo. Era como una especie de traición. Él debería dar testimonio de alguna forma, para no permitir que todo ese dolor pasara sin ser reconocido.

"No. No, eso no serviría de nada. Necesito darme cuenta de cómo están de guardias... las defensas... para así pensar en cómo sacarlo de aquí".

Era más fácil decirlo que hacerlo. Los bandidos estaban organizados. Contaban con un sistema y un turno de guardias, y Oliver había podido concluir cuándo alguien estaría mirando en una dirección determinada.

Los hombres de Stern funcionaban como un desordenado grupo de habitantes del pueblo que no tenían instrucciones de estar en ningún lugar en particular. Habían instalado sus esterillas sin orden ni concierto. Unos cuantos estaban observando a Stern y Trebastion, pero la mayoría parecía esforzarse conscientemente para no verlos. La expresión de sus rostros otra vez le recordó a Oliver el tumulto de la gente de su aldea, con la sensación cada vez más clara de que habían llegado demasiado lejos, y la frustración también cada vez más clara al ver que no había manera de dar marcha atrás.

¡Crac!

El gemido de Trebastion fue a caer en el silencio del campamento. Varios hombres dieron un respingo. Dos empezaron a hablar en voz muy alta sobre la cena.

—Debería matarte aquí mismo —dijo Stern, respirando con dificultad—. No vale la pena hacer el esfuerzo de llevarte de regreso.

—Jefe —dijo uno de los hombres, posando una mano en el brazo del alcalde—, no vale la pena. Usted quiere un juicio en regla para el muchacho, para asegurarse de que todo se hace como debe ser.

—Enlodó mi nombre y mi reputación —reviró Stern.

—Eso hizo —contestó el hombre, asintiendo—. Y pagará por ello en el tribunal. Pero no puede matarlo ahora. No se vería bien.

—Bah —Stern sacudió el brazo—. No se vería *bien*... Yo sé lo que sé —pero las palabras del hombre parecieron calmarlo. Esposó a Trebastion una vez más, como cumpliendo un deber, aunque sin ganas, y luego se fue a su propia esterilla.

Oliver vigiló el campamento durante cerca de una hora. No podía estar seguro de si habría turnos de guardia o si sencillamente se irían todos a dormir. Ni siquiera sabía si eso importaba. Posiblemente tenía la misma probabilidad de toparse con alguien que buscara dónde orinar que con un centinela.

Trebastion estaba en el lado más alejado de la fogata. Oliver se preguntó si estaría en capacidad de correr. Las cosas no se veían prometedoras. Estaba allí tendido como algo muerto, y si no hubiera observado con suficiente atención, no habría podido ver la forma en que las costillas del juglar subían y bajaban.

Desafortunadamente, Stern estaba entre Trebastion y el bosque, y no daba señales de que fuera a moverse de ese lugar. Podía ser que durmiera, pero Oliver alcanzaba a divisar un destello ocasional de luz de la fogata reflejada en ojos abiertos. Si estaba dormido, no dormía profundamente, ni bien.

"Espero que sea su conciencia, pero lo dudo".

Al final, se dio por vencido en su vigilancia y se retiró a hurtadillas, sincronizando sus movimientos con los de cualquiera de los hombres que se levantaran, para así ocultar cualquier sonido. Los hombres de Stern hacían tanto ruido como

Trebastion en el bosque. Oliver se deslizó entre los troncos hasta que pudo enderezarse y alejarse, quedando fuera del alcance, a la espera de que el armadillo lo encontrara.

Su animal familiar apareció unos minutos después, con la boca toda llena de babosas.

—¿Qufff? —dijo y tragó.

—No pinta bien.

El armadillo gruñó. Oliver se recostó contra un árbol y trató de pensar en algo… en cualquier cosa… algo que pudiera ayudar.

—Si pudiera volverme invisible, podría meterme allí y… —empezó.

—¿Y después qué? —preguntó el armadillo—. ¿Pensabas decir "Mil perdones, y no se preocupen por la persona invisible que se va llevando a su prisionero"?

Oliver hizo un gesto de contrariedad. No se le ocurría ninguna respuesta a eso.

—Sea lo que sea, no importa. No puedes hacerte invisible. Probablemente nunca llegues a ser capaz de hacerte invisible, y lo que sí es seguro es que no serás capaz de conseguirlo en el lapso de la siguiente hora.

Oliver le clavó una mirada fulminante al armadillo en medio de la oscuridad.

—Me encantaría que dejaras de hacer eso.

—¿Dejar de hacer qué? Soy tu animal familiar, y mi oficio es saber qué tanta magia eres capaz de hacer.

—Y entonces, ¿qué? ¿Crees que debería dejar de tratar de superarme? —Oliver sintió como si algo se estuviera quebrando y abriéndose en su pecho, algo vivo y rojo. Haber visto a Stern pegarle al pobre Trebastion lo había dejado sintiéndose impotente y furioso, y ahora el armadillo lo trataba con desprecio y toda esa furia se acumulaba buscando por dónde salir—. ¿Ésa es tu solución? ¿Que me contente con lo que puedo hacer y nunca trate de lograr algo mejor? ¿Que me contente con pasar el resto de mi vida como un insignificante mago menor?

Fue levantando la voz a medida que hablaba, y se dio cuenta y la bajó, tanto que sus últimas palabras parecieron más bien un chillido ronco.

El armadillo sencillamente lo miró. Sus ojillos de guijarros negros captaron un rayo de luz de las estrellas.

—¿Cuántas palizas tiene que soportar Trebastion para contribuir con tu crecimiento personal? —preguntó calmadamente.

Oliver sintió que se le subía la sangre a las mejillas. El corazón le latía tan fuerte en los oídos que por un instante no se dio cuenta de que oía algo más que su corazón, eran...

... pisadas.

El armadillo dio un brinco y se perdió entre los helechos.

—¡Los bandidos!

Oliver vio un fugaz resplandor entre los árboles.

Las estrellas.

Reflejadas en un cuchillo.

"Es Bill, Dios mío, es Bill, va a verme, no puedo correr porque la única razón por la cual no me ha visto aún es porque no me he movido, pero viene para este claro y aquí estoy yo sentado, justo aquí, pero si corro me va a oír...".

—¡Anda! —siseó el armadillo—. ¡Muévete, vamos, anda!

Y entonces, Oliver tuvo una idea.

No tenía su libro de encantamientos, pero había leído y releído el hechizo de invisibilidad más de cien veces. Lo habría podido recitar dormido.

Cerró los ojos.

—¡Oh, no...! —protestó el armadillo—. Maldita sea, Oliver...

Hizo a un lado a su animal familiar, su entorno, su miedo. Bill venía entrando al claro, probablemente ya lo había visto, pero eso tampoco importaba.

"Concéntrate, concéntrate. No ha funcionado antes, pero no es necesario que sea así. Es ahora cuando importa. Igual que la tranca en el granero de los ghules. Uno puede hacer magia cuando se necesita".

Pronunció las palabras del hechizo.

Podía *sentir* el poder de la magia a su alrededor, brotando del suelo como el rocío. Podía sentir que le cubría la piel, lavándola, una sensación de frescura contra sus pómulos y el dorso de sus manos.

—Arista... pashtuk... n'gaah...

Se oyeron pasos apresurados y bramidos y el armadillo gimiendo, pero nada de eso importaba. Lo único que importaba era el poder de la magia.

Oliver dijo la última palabra del hechizo. El poder de la magia crepitó a través de su ser y desapareció. Se sintió abrasado y purificado. El aire olía a ozono.

"Así debe sentirse lo que es ser un mago de verdad".

Abrió los ojos.

Bill estaba corriendo hacia él con el cuchillo levantado. Oliver sonrió. Era invisible. Bastaba con que diera un paso hacia un lado y Bill pasaría corriendo sin notarlo.

Se hizo un lado y... Bill lo miró directo a los ojos.

"¿Por qué puede verme?".

La única razón por la cual no murió en ese momento fue porque el armadillo salió disparado de los matorrales para ir a meterse entre los pies de Bill. El bandido rodó con un rugido.

El armadillo chilló, se encogió en una bolita y rebotó un buen trecho antes de volverse a parar en sus patas.

—¿… Acaso no soy invisible? —preguntó Oliver.

—¡Vas a ser hombre *muerto* en un minuto! —gritó el armadillo—. ¡*Corre*, ahora!

Oliver corrió.

A Bill le tomó unos minutos ir tras él. Oliver alcanzaba a oírlo cojear entre los árboles. Al parecer, había caído mal, o todavía estaba lastimado tras el ataque del cerdo. Sin embargo, seguía siendo aterradoramente rápido.

—¡Te atraparé, sabandija! —gritó, revolviendo el follaje de los matorrales—. ¡Te atraparé y vas a pagar por lo que le hiciste al jefe!

Incluso en medio de la huida, Oliver se puso a pensar: "¿Cómo? ¡Si no le hice nada al jefe! ¡Ni siquiera les puse droga en la comida! ¡Fueron los cerdos y no yo!".

Bill no parecía interesado en los matices y detalles de un debate lógico.

El armadillo había desaparecido. No podía seguirles el paso. Oliver sabía que más adelante lo alcanzaría, pero, mientras tanto, no tenía idea de hacia dónde iba y era cuestión de tiempo antes de que metiera un pie por el agujero de un topo en esa oscuridad… ¿Y *por qué* no había funcionado el hechizo?

"Soy un idiota".

Hizo rechinar sus dientes. El armadillo acababa de *decirle* que no podría hacer el hechizo de invisibilidad.

"Yo no quise reconocer que no era bueno para la magia".

Sólo que… el armadillo nunca le había dicho que fuera malo para la magia. Se había limitado a decirle que hiciera las cosas para las cuales *era* bueno.

"Definitivamente soy un idiota".

"Y sigo comportándome como un idiota. No merezco llamarme mago".

Había un árbol al frente con un tronco que invitaba a trepar por él. Oliver ni siquiera aminoró su carrera. Puso un pie en el tronco y trepó derecho hasta el segundo nivel de ramas.

Bill iba unos diez o doce pasos detrás. Llegó a la base del árbol y se agarró de una rama baja. Su diente de oro destelló en la oscuridad.

—¡Ya te tengo!

—Seguro que sí —contestó Oliver.

Bill levantó un pie para apoyarlo en el tronco y se dio cuenta de que los cordones de sus botas se habían atado entre sí.

Miró sus pies en total desconcierto, y luego soltó un bramido. Oliver aprovechó la ventaja que le daba esta demora para trepar hasta la siguiente rama.

"Si subo lo suficiente, las ramas no soportarán su peso. Claro, puede ser que eso no lo detenga...".

Bill cortó los cordones con su cuchillo, se lo puso entre los dientes, y volvió a apoyar un pie en el tronco.

Oliver estaba acostumbrado con cordones más largos, pero cordones eran cordones, al fin y al cabo. En la fracción de segundo en la que la bota izquierda pasó a corta distancia de la derecha, los cordones cortados de una y otra se estiraron como serpientes y se anudaron entre sí.

Brotó un alarido de furia de la base del árbol.

—¡Si se va, lo dejaré irse tranquilo! —gritó Oliver con una audacia que no estaba sintiendo.

Se inclinó para ver mejor. Bill se estaba levantando. Había caído de cara, mostrando así la falla principal de llevar un cuchillo entre los dientes. La mitad inferior de su cara era una máscara ensangrentada.

Bill se arrancó los zapatos y empezó a trepar descalzo. Pero nuevamente llevaba el cuchillo entre los dientes.

"Lo cual prueba, supongo, que aprender de los errores es algo que les sucede a otras personas…".

Oliver contempló sus opciones. Tenía dos hechizos con los cuales trabajar.

Probó el de los cordones otra vez. Los del jubón de Bill se anudaron sobre el pecho del bandido, pero él no pareció notarlo.

Oliver respiró hondo y dejó salir el aire por la nariz. "Para acá, para allá…".

El blanco del hechizo era obvio.

El cuchillo entre los dientes de Bill empezó a sacudirse y moverse violentamente. No se requería la menor delicadeza. Oliver se limitó a "patear" el cuchillo con esa especie de pie invisible de su magia hasta que Bill dejó de trepar y soltó el arma.

—¡No importa! —gritó el bandido—. ¡No importa! Te mataré, así me toque hacerlo a mano limpia, no eres más que una sabandija aprendiz de mago.

Clavó el cuchillo en el tronco y alcanzó la siguiente rama. Estaba a menos de cinco codos de Oliver.

El muchacho transfirió su atención mágica a la rama y empezó a brincar sobre ella. Era casi tan pesada como la tranca en la puerta del granero, pero por lo menos podía verla, y al tener las manos en la corteza, sentía como si la estuviera tocando también.

Bill se aferró a la rama que se sacudía y se estremeció.

—No… no importa… —jadeó.

"Sigue trepando. Dios mío ¿qué se necesita para detenerlo?".

El bandido trató de agarrar la rama en la que estaba Oliver. La mano se le resbaló varias veces, pero al final logró sujetarse.

Oliver abandonó la magia a favor de varios pisotones en los dedos del matón.

Bill gruñó y puso su otra mano en la rama.

Trató de agarrar la parte baja de los pantalones de Oliver, consiguió sujetar un buen trozo de tela y tiró de ella. El muchacho consiguió liberarse y echó los brazos hacia el tronco del árbol para recuperar el equilibrio.

"Ni siquiera tiene que atraparme; ¡basta con que me haga caer! Desde esta altura, voy a hacerme papilla contra el suelo".

—¡Para acá! —gritó Oliver desesperado, tratando de llegar hasta el lado opuesto del tronco—. ¡Para acá, para allá!

Le arrojó magia a Bill con frenesí, para tratar de repelerlo, o de que fuera más despacio... ¡Cualquier cosa! Abajo, en el suelo, los cordones que el bandido había desechado debían estar hechos un nudo apretado como un puño.

Bill logró subirse a la rama. Le lanzó un puñetazo a Oliver.

El golpe no dio en el blanco, pero Oliver sintió silbar el aire junto a su oreja cuando trató de esquivarlo.

El poder mágico estaba aumentando otra vez, como antes, cuando había tratado de hacerse invisible... Pero esta vez, Oliver no esperó hasta sentir que lo empapaba por completo. Trató de atraparlo en su mente.

Era casi igual que cuando uno golpea un vaso sin querer y lo hace caer pero logra agarrarlo antes de que llegue al suelo, aunque todo esto sucedía más que nada en el interior de su cabeza.

"¡Los cordones!", pensó apurado.

Se oyó un grito ahogado desde el otro lado del tronco.

Oliver se inclinó, listo para arrojarse y a la espera de agarrar una rama en la caída.

El cabello de Bill había cobrado vida.

Los rizos grasientos y pesados se habían anudado entre sí. Puede ser que Bill no lo hubiera notado, ya que posiblemente no era el primer nudo en su cabello, pero esta vez también se habían amarrado su barba y los cordones de su jubón.

Mientras Oliver lo miraba, el jubón empezó a levantarse hasta cubrir las orejas de Bill, movido por los cordones que se anudaban cada vez más apretados. Las mangas se rasgaron en medio del manoteo.

Oliver jamás había tratado de agregarle más poder mágico al hechizo de los cordones. Era un encantamiento tan sencillo y directo que no se le había ocurrido intentarlo.

Pero ahora lo estaba haciendo.

"¡Más! ¡Más! ¡Más apretado!".

El traicionero cabello de Bill tiró de su jubón hacia arriba hasta cubrir los ojos del bandido.

Oliver contuvo la respiración.

El otro trató de alcanzar su propia camisa, la rasgó… y perdió el equilibrio.

—¡Para acá, para allá! —gritó Oliver, cambiando de hechizos con tal rapidez que sintió a su animal familiar que entraba en su cabeza.

"Ay, eso va a ser un buen golpe".

Bill cayó.

Hubo ramas rotas, y un ruido sordo final. A Oliver no le pareció lo suficientemente fuerte. Tal vez el silbido en sus oídos lo había ahogado.

Silencio.

Oliver se aferró al tronco con la cara apretada contra la corteza, respirando entrecortadamente entre jadeos y sollozos húmedos. Sabía que debía seguir subiendo, o bajando, o algo… No sabía qué, pero *algo*, en lugar de quedarse ahí, prácticamente arrancándole a mordiscos la corteza al árbol para evitar el impulso de gritar…

El armadillo habló en su mente: "Baja por el otro lado del árbol".

El armadillo. Eglamarck. Sí. Su animal familiar. Su amigo. Sí. Oliver tomó aire tratando de recuperarse.

—¿Está muerto? —preguntó.

El armadillo guardó silencio un momento, y después repitió:

—Baja por el otro lado del árbol —y Oliver entendió.

Apoyó la frente contra el tronco húmedo y respiró unos momentos.

Y luego, ya que de nada servía quedarse allí trepado, se las arregló para ir bajando hasta llegar al suelo.

Podía ver una de las botas de Bill. No quiso mirar más allá. Había visto un muerto antes, pero había sido el anciano mago, sentado en su silla, tras morir tranquilamente, y no por medios violentos.

—¿Vamos a…? ¿No deberíamos enterrarlo? —preguntó.

—No tenemos tiempo —contestó el armadillo—. Los ghules no nos enterrarán si nos atrapan. Anda, apúrate.

El armadillo tenía razón. Oliver lo sabía. Sin embargo, no le *parecía* que fuera lo correcto.

"Pero ¿qué otra cosa podría hacer?", Oliver no podía imponerle el último sacramento, como un sacerdote, y no había devoradores de pecados alrededor. Bill probablemente cargaba con muchos más pecados de los que cualquiera alcanzaría a tragarse.

Durante unos momentos de vacilación, no logró pensar más que en Vezzo sacrificando cerdos. Oliver le había ayudado muchas veces, no con el sacrificio sino a rasparles las cerdas de la piel, que era una labor larga, tediosa y acalorada, para cuatro personas que se turnaran entre sí. Cuando Vezzo mataba a un cerdo, lo hacía con rapidez y bondad. El cerdo chillaba una sola vez, más de asombro que de dolor, y luego se desplomaba y no se movía más. Y luego Vezzo apoyaba en el flanco del animal una de sus grandes manos de granjero, manchada de sangre, y decía "Gracias".

Oliver lo había visto agradecerles de esa manera a una buena cantidad de cerdos, y cada vez, lo podría jurar, el granjero lo decía desde el corazón. Entendía lo que le había quitado al cerdo, y le daba gracias.

"Bill no es un cerdo. No funcionan así las cosas. Pero no sé qué otra cosa puedo hacer, ¡y tengo que hacer algo!".

Oliver respiró hondo. Dio la vuelta al árbol y puso su mano sobre el zapato de Bill. El jubón seguía cubriéndole la cara al bandido.

Dijo:

—Gracias —que no era lo más adecuado para esa situación, sino lo más absurdo, pero no tenía más palabras. Cualquier otra cosa habría sido peor. Su voz se oyó muy aguda, aunque no se quebró. Y después siguió al armadillo por el bosque, en busca de otro lugar para esconderse.

—Así que éste es mi plan —dijo Oliver unas horas después—. Hacemos que los ghules vayan hacia los hombres de Stern y entonces, en medio de la confusión, tú vas y rompes las ataduras de Trebastion con los dientes —trató de pensar en algo más que añadir, porque le parecía poca cosa para ser un plan con todas las de la ley—, mmmm, y escapamos corriendo.

—Es un pésimo plan —repuso el armadillo—. Los ghules son más rápidos que tú, y mis dientes no están hechos para romper cuerdas.

Oliver hubiera querido mostrarse ofendido pero lo cierto es que no podía.

—Ya lo sé —se derrumbó—, pero es lo mejor que se me ha ocurrido.

El armadillo le dio un golpecito en la mano con su nariz.

—Y a mí no se me ocurre nada mejor —admitió.

—¿No?

—No.

—¡Qué diablos! —Oliver había tenido la esperanza de que el armadillo propusiera una idea brillante o al menos alguna opción que no involucrara a los ghules. No sabía explicar lo que sentía al pensar en llevar a esas criaturas hacia otras personas. Le parecía peor que hacer que los cerdos atacaran a los bandidos. Los cerdos eran cerdos, al fin y al cabo. Eran algo que existía, casi como un desastre natural, como los tornados o las avalanchas. Los ghules eran antinaturales y malévolos.

No le importaba si los ghules se comían al alcalde Stern, pero no tenía claro lo que sentiría si llegaban a herir a los demás hombres. Habían seguido a Stern, eso era cierto, pero se parecían más a los aldeanos de su pueblo, que no eran verdaderamente malos. Eran gente normal que se había visto implicada en cosas malas, nada más.

Habían visto a Stern moliendo a golpes a Trebastion y no lo habían impedido, se dijo.

"Sí, ¿pero eso los hace merecedores de que los ataquen unos monstruos caníbales?".

—Oigo tus remordimientos —dijo el armadillo.

Oliver suspiró.

—No son sólo remordimientos… me lo estoy pensando dos veces —reconoció.

—Más de dos. Yo diría que cuatro o cinco veces.

—Es que no está *bien*.

—No —contestó el armadillo. Tamborileó con sus uñas sobre una raíz—. Todavía podemos seguir con nuestro camino, ¿sabes? Olvidarnos de todo esto y encaminarnos a la Sierra de la Lluvia.

—¡Pero no podemos dejar a Trebastion!

—Claro que sí —siguió el armadillo—. Nadie nos lo va a impedir. Nadie lo sabrá, a excepción del propio Trebastion, y a él no lo sabrá por mucho tiempo más.

Oliver lo miró, horrorizado.

El armadillo resopló.

—Bueno, ahí tienes tu respuesta. No, no está bien. Tampoco está bien dejar que Stern vaya despedazando poco a poco a tu amigo. Pero esos hombres no lo van a detener, y eso quiere decir que se están interponiendo en nuestro camino.

A Oliver le parecía que la situación era bastante más complicada que esa descripción, o que debería ser más complicada, y, a pesar de todo, el armadillo tenía razón. Así estaban las cosas: era un asunto de seguir el plan o irse y dejar que mataran a Trebastion, probablemente torturándolo hasta morir.

—Muy bien —dijo desanimado—. ¿Y dónde encontramos a los ghules?

Encontrar a los ghules era fácil. El armadillo pensó para sus adentros que era demasiado fácil, que el propio bosque rechazaba a esas criaturas, lastimándolas con ramitas y espinas, deslizando piedras y palos bajo sus pasos. Dejaban un rastro casi tan amplio como el de los cerdos, y apestoso a ese olor excesivamente dulzón propio de ellos.

La idea pareció absurda en un principio, pero este bosque no era como otros. El armadillo recordaba ese extraño regusto, como una sombra en su lengua, y el vislumbre de rojo que Oliver insistía haber visto. "Tal vez no es tan descabellada la idea".

—¿Oliver? —dijo, haciendo una pausa en medio del camino, con las fosas nasales muy abiertas.

—¿Sí?

—¿Tú podrías… eh…? —se rascó la nariz con las garras, avergonzado por su pregunta—. ¿Podrías decirle al bosque que estamos tratando de deshacernos de ellos?

Para su crédito como mago, Oliver no puso objeciones. Sólo dijo:

—Bueno, trataré de hacerlo —y se recostó en un árbol. El armadillo podía oírlo pensando hacia el bosque, como una conversación en el cuarto contiguo, aunque Oliver no sabía hacerlo a bajo volumen así que alcanzaba a distinguir las palabras: "ESTAMOS TRATANDO DE DESHACERNOS DE LOS GHULES. ¿NOS AUXILIARÍAN?".

La última parte era una buena adición. A Eglamarck no se le hubiera ocurrido. Se habría dado por bien servido con pedirle al bosque que los dejara hacer sus asuntos tranquilos. Supuso que se debía a que Oliver provenía de una especie muy social. Los armadillos no solían pedirse ayuda unos a otros.

Probablemente no tenía sentido hacer todo eso. Posiblemente el bosque no tenía inteligencia, o no entendía el habla humana, o...

El regusto de hojarasca húmeda le llenó la boca, y era tan fuerte el sabor y tan terroso que estuvo a punto de escupir. Las ramas suspiraron por encima de su cabeza.

... o él se equivocaba.

Bueno, si Oliver tenía razón y el fantasma de la mujer del granjero vagaba por el bosque, era lógico pensar que los fantasmas humanos pensaran como humanos y no como armadillos. Por supuesto.

—Muy bien —murmuró—, ¿estamos de acuerdo en cuanto al plan?

—De acuerdo, sí —murmuró Oliver.

Existía una buena posibilidad de que ambos terminaran muertos. Eglamarck lo sabía. También sabía que los humanos por lo general decían cosas en esas circunstancias, como si las palabras les permitieran mantener a raya a la muerte o hacerla más llevadera. Aguardó.

Una mano bajó y lo acarició entre las dos orejas.

—Eres un buen animal familiar —murmuró Oliver.

—Y tú eres un buen mago —contestó el armadillo tajante—. Ahora, ve a tirarles una piedra a los ghules y acabemos con esto de una buena vez.

Oliver se deslizó hasta estar en el rango de alcance de los ghules. Los dos seguían despiertos, cosa que no le gustó. Era cerca del amanecer y ya se habían acostado, pero él había tenido la esperanza de que ya se hubieran dormido. Los pocos segundos adicionales que tardarían en despertarse iban a ser cruciales.

A pesar de todo, no se atrevían a esperar otro día. El alcalde Stern podía irse a otro lado, probablemente a varias leguas de allí, y no había manera de que Oliver pudiera arreglárselas para atraer y conducir a los ghules en una distancia semejante. Y Trebastion podría no soportar más el maltrato de Stern, incluso si permanecían en el mismo lugar.

Oliver echó mano de su valor, recogió una piedra y se las lanzó a los ghules.

No esperó a ver si había golpeado a alguno de los dos. Se dio la vuelta y salió corriendo.

Ruidos quejumbrosos se oyeron desde la oscuridad que quedaba tras él. Los Bryerly, o lo que fuera eso en lo que se habían convertido, definitivamente se dieron cuenta de la pedrada.

Oliver no perdió tiempo. Ellos eran más rápidos que él, sin duda alguna. Sus únicas ventajas eran el factor sorpresa y un armadillo.

"VIENEN DETRÁS DE MÍ", pensó, lo más alto que pudo.

"Por el ruido que hacen, es como si el bosque entero te persiguiera", fue la ácida respuesta.

No tenía aire suficiente para reírse, pero le pareció cómica. De los matorrales venían ruidos retumbantes, seguidos por una larga secuencia de sílabas inhumanas. El bosque no le estaba facilitando las cosas a los ghules.

Oliver corrió. Cada paso en la oscuridad implicaba el riesgo de romperse una pierna o la nuca, y ambas cosas eran preferibles a lo que le sucedería si los ghules llegaban a atraparlo.

"Ya casi llegas al sitio donde yo te relevo", le dijo el armadillo.

"¿DE VERAS? ¿TAN PRONTO?", no podía creer que hubiera avanzado tanto. Sentía como si todavía tuviera mucha energía para correr en su interior.

"Guárdala", dijo el armadillo. "La necesitarás más adelante".

Oliver asintió, olvidando que su animal familiar no lo podía ver, y fue a meterse bajo un macizo de arbustos.

El corazón le martilleaba en los oídos y sus pulmones querían jadear para tomar más aire, pero él no se atrevía. Se obligó a respirar entrecortadamente, con la boca abierta, a pesar de que se sentía medio estrangulado.

Los sonidos retumbantes de los ghules se hicieron más lentos a medida que se acercaban.

—¿Dónde? —dijo uno, con una vocecita fina y débil—. ¿Dónde? ¿Por dónde?

—¡Cállate! —bufó el otro—. ¡Escucha atento!

Los nervios de Oliver parecían gritar. Oía chasquidos de ramas. Era como si estuvieran casi a su lado.

Entonces, las hojas crujieron y oyó un golpe sordo, como si alguien hubiera quedado atrapado entre los árboles a su izquierda. Los ghules inhalaron con fuerza.

—¡Por allá! —dijo uno, triunfante, y se abalanzaron en la dirección del sonido.

"VAN HACIA DONDE TÚ ESTÁS".

"Más les vale. Tuve que romper un tronco podrido perfectamente bueno para llamar su atención, y ni siquiera alcancé a comerme una sola larva".

Oliver salió a gatas de los arbustos y empezó a deslizarse furtivamente en dirección al campamento de Stern. Los ruidos retumbantes eran tan fuertes que le sorprendió que Stern no los oyera.

Había avanzado tal vez una cuarta parte del camino hasta el campamento cuando el armadillo volvió a hablarle en su mente. "Más vale que me los quites de encima. Se dieron cuenta de que no soy un humano y están empezando a cazarme más a ras del suelo".

Oliver recogió un palo y lo golpeó dos o tres veces contra un tronco, para luego salir corriendo.

"Eso fue suficiente", dijo el armadillo. "Ahora van hacia ti".

Los ghules nunca habían sonado muy alegres antes, pero ahora se notaban claramente enojados.

—Alguien nos está gastando bromasssss —siseó uno de ellos—. Alguien se cree muy *inteligente*.

—La carne inteligente es más dulce —dijo el otro.

Oliver no se sentía especialmente inteligente. Mantuvo la cabeza gacha, tratando de pasar bajo la mayor cantidad de ramas posible. Jamás le había gustado ser tan bajo, pero cuando tus perseguidores son muy altos, es una ventaja innegable.

Necesitaba toda la ventaja que pudiera lograr. Se estaba cansando más rápido ahora. Sentía una punzada en el costado, que se le clavaba en las costillas con cada respiración.

"ME ESTOY CANSANDO", admitió.

"Ya casi llegas", dijo el armadillo. "O ya casi llego, como prefieras".

Uno de los ghules chilló alarmado, demasiado cerca de Oliver.

—Eso fue mi cara —se quejó.

—¡Debiste agacharte!

Oliver aprovechó la discusión entre los dos para meterse de cabeza entre un montón de troncos. Un momento después, el armadillo empezó a hacer ruido fuerte por el bosque, y los ghules se alejaron una vez más.

Era un plan sencillo, a fin de cuentas. Atraían a los ghules en una línea zigzagueante que iba entre uno y otro, para llevarlos hasta el alcalde Stern. Por un minuto, oculto entre los troncos, Oliver abrigó la esperanza de que pudiera salir bien.

Y entonces, todo salió mal.

"Se separaron", pensó el armadillo. "Sólo oigo a uno. Ten cuidado".

Oliver maldijo en silencio. Pero no podía quedarse inmóvil. Se puso de pie y se movió aprisa hacia el campamento, prácticamente doblado sobre sí mismo, tratando de acallar su respiración. La piel de la nuca le hormigueaba, a la espera de sentir uñas de ghul cerrándose sobre su cuello en cualquier momento.

Estaba casi en el último punto en el que se suponía que debían relevarse cuando el armadillo pensó: "¡Qué diablos!".

Una frase calmada, resignada, que heló a Oliver hasta los huesos. "¿QUÉ? ¿QUÉ?".

"Tengo uno frente a mí. Me acorralaron".

"¿TE ACORRALARON?".

"Me temo que esto no durará mucho".

"¿ARMADILLO?".

"¿EGLAMARCK?".

Nada.

Oliver mandó al infierno cualquier precaución, planes, y todo lo demás, y se abalanzó hacia el lugar donde estaba el armadillo.

—¡Resiste! —gritó, y se dio cuenta de que estaba gritando en voz alta, y también mentalmente, lo cual tal vez no era nada útil. No tenía un arma para defenderse de los ghules, ni siquiera un palo afilado, pero ellos tenían a su animal familiar y eso era lo único que importaba.

"No vayas a hacer tonterías", trató de decir el armadillo, y luego Oliver salió de entre los árboles y fue a chocar de cabeza contra un ghul.

El ghul se desplomó. Oliver por poco cae sobre él. En la grisácea luz que precede al amanecer, podía distinguir al otro mirándolo entre parpadeos. Se había llevado algo a la boca con las manos, algo que tenía el tamaño y la forma de un armadillo hecho bolita.

La boca del ghul estaba abierta, a punto de pegarle un *mordisco* a su *animal familiar*.

Cualquier pensamiento relacionado con la magia desapareció de su mente. Oliver gritó de furia y le dio un puñetazo en el estómago al monstruo.

El factor sorpresa fue lo único que lo salvó. La criatura soltó un quejido y además al armadillo que, encogido en una bola tan apretada como le era posible, de repente se estiró ya libre y cayó al suelo.

—¡Eres tú! —exclamó el ghul—. ¡Tú y tu horrible rata con escamas!

"¡Corre, no seas tonto!", le gritó el armadillo mentalmente. "¡Corre! ¡Detrás de ti!".

Oliver arrancó a correr hacia un lado. Los brazos del segundo ghul se cerraron sobre puro aire y se tropezó con el armadillo y volvió a caer al suelo. Oliver trepó por encima de un árbol caído y se abrió paso por entre el bosque, rezando porque lo siguieran a él y no se detuvieran a atrapar al armadillo de nuevo.

"No te preocupes por mí. ¡Corre!".

Había perdido la orientación. ¿Hacia dónde estaba el campamento? Debería ver la fogata, pero quizás había demasiada luz, tal vez el fuego ya no se destacaba tanto, ¿y qué tal que hubiera estado corriendo en la dirección opuesta...?

Un manchón rojo relumbró en el borde de su campo visual y fue a perderse detrás de un árbol. Oliver cambió de dirección y corrió hacia el color, casi sollozando de alivio. El fantasma que lo auxiliaba había reaparecido.

Fue a salir de entre los árboles justo en el campamento del alcalde Stern, escasamente un paso por delante de sus perseguidores. Doce caras sorprendidas se volvieron a mirarlo.

—¡Ghules! —bramó Oliver.

—¿Cóm…? —dijo alguien y entonces los ghules salieron del bosque tras él.

Oliver había temido que estas criaturas llegaran a hablar con Stern. Eran muy capaces de mentir, y si eran lo suficientemente inteligentes, podían insistir en que Oliver era un ladrón (o peor aún, su hijo que había huido) y retirarse sin el menor derramamiento de sangre.

Pero no debía haberse preocupado. Los ghules vieron a una docena de humanos (¡una docena de fuentes de *carne*!) y reaccionaron como perros salvajes en un gallinero.

Se volvieron locos.

Los hombres de Stern estaban en pleno proceso de levantar su campamento. Un hombre aún sostenía un juego de cobijas en sus brazos cuando el primer ghul se abalanzó sobre él, mordiéndole la cara y sujetándolo por detrás de la cabeza con sus dedos de nudillos rojos. El hombre se desplomó. El ghul le desgarró la carne, silbando de contento.

—¿Qué es lo que sucede aquí? —bramó Stern.

Oliver no quería esperar a ver lo que había hecho el segundo ghul. Por el sonido de los alaridos, no era nada bonito. Trebastion estaba de rodillas cerca de la fogata, las manos atadas a la espalda, la cara una máscara de sangre seca, y Oliver corrió hacia él.

Stern se volteó.

—¡Aléjate de él! —exclamó, dirigiéndose a Oliver, no al ghul.

Oliver le anudó los cordones de un zapato con los del otro con todo el veneno que pudo reunir.

El alcalde dio dos pasos, brincó en un solo pie, y cayó al suelo con un rugido enfurecido. Uno de los ghules lo divisó, y se desprendió del hombre al que había estado atacando, con los ojos resplandecientes de gusto.

—¡Carne! —canturreó—. ¡Carne, carne maravillosa!

Uno de los hombres de Stern tomó al alcalde por un codo y lo levantó hasta ponerlo de pie. El ghul se balanceó ante ellos, como una serpiente que estuviera decidiendo adónde lanzar su ataque.

Oliver tenía un brazo rodeando los hombros de Trebastion y trató de enderezarlo.

—¡Vamos, anda! —murmuró—. Anda, tienes que moverte...

—¿Qué demonios son esas cosas? —murmuró el prisionero. Se oía mucho más coherente de lo que Oliver esperaba, dado el maltrato al que había sido sometido.

—Son ghules. Vamos, vamos, son muy malos...

—¡Eso ya lo vi! —Trebastion logró ponerse de pie, vaciló, pero se las arregló para apoyarse en Oliver, que trató de encaminar al aturdido juglar hacia los árboles. La piel en medio de los omoplatos le hormigueaba. Esperaba que un ghul o el mismo Stern lo atrapara en cualquier momento. Miró hacia atrás por encima de su hombro, justo a tiempo para ver que el ghul detenía su vaivén y arremetía contra Stern.

El alcalde agarró al hombre que lo había levantado y lo lanzó al abrazo del ghul. La criatura se tambaleó hacia un lado, soltó una risita y envolvió al hombre con sus brazos. A pesar del griterío, Oliver oyó, con espantosa claridad, el sonido de los dientes del ghul al hundirse en la garganta del hombre, un chasquido húmedo como el de alguien que mordiera una manzana.

Fue todo tan repentino y espeluznante que Oliver a duras penas lograba comprenderlo. No era posible que hubiera visto al alcalde arrojando a uno de los suyos a los monstruos para salvar su pellejo. No era posible...

Pero los demás también lo habían visto.

Un ruido extraño y gutural brotó de media docena de gargantas. Oliver jamás lo había oído, pero lo reconoció al instante. Era uno de los llamados de la turba. Era un sonido de horror y sentimiento de traición. Era el sonido de los hombres que se dan cuenta de que los han engañado.

A Oliver le causó tanto miedo como los propios ghules. Una muchedumbre que hiciera ese ruido podía despedazarlo con la misma facilidad con que lo haría un ghul, aunque no se lo comieran después.

"Qué he hecho, por Dios, por Dios, he traído a los ghules hasta aquí, y se están muriendo y algunos ya están muertos y yo no quería esto pero sabía que sucedería, aunque no sabía cómo sería...".

Sabía que lo que tenía que hacer era correr. Que mientras más tiempo estuvieran peleando hombres con ghules, sería lo mejor para él. Pero no podía dejar las cosas así.

—¡Con fuego! —gritó—. ¡Le temen al fuego!

Durante unos momentos, pareció que nadie lo había escuchado. Y entonces, uno de los hombres se agachó y tomó un leño que todavía ardía en la hoguera, y atacó con él al ghul más cercano. La criatura retrocedió de un brinco, chillando y gritando maldiciones, y el hombre aprovechó su ventaja y siguió alejándolo.

"No es mucho, pero es todo lo que puedo hacer".

—Vamos —le dijo Oliver a Trebastion, y la voz se le quebró como si fuera un sollozo—. Vamos, tenemos que salir de aquí.

Stern dio un paso hacia él, con intención de detenerlos.

—¡No te atrevas a escapar! —exigió—. ¡Aléjate de ese chico! —Oliver no sabía si le hablaba a él o a Trebastion. Probablemente tampoco importaba mucho.

Stern se acercó otro paso tambaleante. Sus cordones eran una masa de nudos y sólo podía avanzar cortísimos trechos.

Trebastion se movía como si estuviera completamente ebrio. Oliver retrocedió, caminando detrás de él, y Stern iba demasiado cerca de ambos. Oliver pensó "Ésta es la carrera más absurda del mundo", y por encima del hombro del alcalde uno de los otros hombres acuchilló al ghul entre las costillas.

Oliver hubiera querido animarlos con un grito. El ghul aulló, dejando caer a su víctima, y se giró, pero allí estaba ya otro hombre con un palo encendido para asustarlo.

Stern ni siquiera se volvió para mirar. Seguía avanzando dificultosamente, pasito a pasito, tras Oliver y Trebastion, cual criatura de pesadilla, lenta e implacable.

El armadillo lo golpeó por detrás de las rodillas, y cayó dando un alarido.

Estaban casi en el límite del bosque. Trebastion estuvo a punto de desplomarse pero se apoyó en el tronco de un árbol. El armadillo pasó corriendo al lado y Oliver no pudo resistirse a echar un último vistazo hacia atrás.

Uno de los ghules yacía en el suelo. El segundo estaba rodeado por un trío de hombres armados con antorchas. Y dos hombres, sus caras frías y sin ninguna expresión, cercaban a Stern. Los nervios de Oliver le dijeron a gritos que el alcalde todavía podía darles un giro a las cosas, y salirse con la suya a punta de puras palabras, que sólo tenía que decir lo indicado.

—¡Agarren a ese tonto juglar! —exigió a gritos, poniéndose de pie—. ¡Vayan tras él, idiotas! ¡Se está escapando!

Eso no era lo más indicado.

Oliver se adentró entre los árboles y abandonó al alcalde Stern y a los ghules a su suerte.

❧ 10 ❧

Quitarle las cuerdas a Trebastion tomó mucho más tiempo de lo que cualquiera hubiera esperado. Los bandidos se habían quedado con el cuchillo de Oliver, y el armadillo no tenía los dientes apropiados para cortarlas a mordiscos.

—Ni siquiera tienen esmalte —dijo molesto—. Sería más fácil que las mordieras tú con los tuyos —pero terminaron por encontrar una piedra afilada y Trebastion consiguió deshacerse de las cuerdas, aunque terminó con las manos raspadas y lastimadas.

No había señales de Stern ni de ninguno de sus hombres. Oliver sospechaba que ellos tenían sus propios problemas de los cuales ocuparse, pero le alegraba que Trebastion hubiera conseguido alejarse lo suficiente, a pesar de tener las manos atadas, antes de que tuvieran que hacer un alto. Ya era completamente de día, y eso facilitaba el avance, pero también quería decir que podían verlos desde distancias mayores.

—¿Cómo puedes seguir caminando? —le preguntó Oliver, una vez que Trebastion tuvo las manos libres—. ¡Pensé que estabas agonizando!

Trebastion puso los ojos en blanco.

—Si alguien te está moliendo a golpes, te pones flácido y finges encontrarte mucho peor de lo que estás —explicó—. De otra forma, siguen pegándote. No me siento tan mal, aunque me he sentido mucho mejor que ahora, pero no iba a darle a Stern una excusa para continuar.

Oliver asintió, arrojó la piedra afilada al suelo y se giró.

Y se detuvo.

—Vámonos de aquí de una buena vez —dijo Trebastion detrás de él—. Jamás quiero volver a ver este bosque.

—No creo que podamos irnos —contestó Oliver—. Todavía no.

—¿Cómo?

Oliver señaló.

Había unas cuantas hebras rojas colgando de una rama, de un rojo brillante, como tomate maduro. Los ojos de Trebastion prácticamente bizquearon para verlas mejor.

—¿Ah?

—Creo que es la mujer del granjero —explicó Oliver—. La de tu canción —miró más allá de las hebras y durante un momento le pareció ver un destello de rojo entre los árboles—. Ya nos ayudó antes. No te hubiera podido rescatar sin su ayuda.

—¡Pero si es sólo una canción! —insistió Trebastion.

—Me dijiste que los viejos contaban que era algo que había sucedido de verdad.

—¡Sí, pero dicen eso mismo de todas las canciones! Como la del toro enloquecido y la doncella, ¡y todos tienen un abuelo que supuestamente conoció a alguien en el pueblo vecino al del molinero al cual se le llenó de sangre la piedra de moler!

Oliver se encogió de hombros.

—Vamos —dijo, dirigiéndose hacia el punto donde había visto el destello rojo—. Creo que quiere algo.

—¿Y qué puede querer un fantasma?

—No me lo pregunten a mí —agregó el armadillo, trotando detrás de Oliver—. Yo ni siquiera puedo percibir el color rojo.

Trebastion se tomó la cabeza con las manos, murmurando algo entre dientes, y luego siguió al armadillo y al muy insignificante mago menor.

El fantasma de la mujer del granjero (Oliver hubiera querido que la canción mencionara su nombre, pues no le parecía justo seguir pensando en ella en relación con la persona que indirectamente la había asesinado) los encaminó hacia el noroeste, a una parte del bosque que no habían visto antes. Los árboles eran altísimos, como una catedral verde. Había helechos alojados en las ranuras de las cortezas, que colgaban como largas guirnaldas.

Cada cien o doscientos pasos había otra hebra roja enredada en una ramita o en un helecho.

—¿Adónde nos está llevando? —susurró Trebastion.

—No lo sé —respondió Oliver también en susurros. No le parecía bien hablar en voz alta, como si estuvieran en una iglesia o asistiendo a un funeral—. ¿Tú puedes verla? ¿Ves algo más que las hebras rojas?

—Veo… algo —se frotó los ojos—. No cuando miro directamente, pero sí percibo unos pequeños destellos rojos.

Oliver asintió. Intencionalmente había evitado mirar hacia atrás para ver si las hebras se desvanecían a su paso. No sabía si era preferible que desaparecieran o que siguieran ahí.

—Si no fuera por esas hilachas, pensaría que mis ojos estaban cansados —admitió Trebastion.

—No, no es cansancio de tus ojos —dijo el armadillo—. Hay algo por aquí.

—¿Puedes verla?

El armadillo lo miró con sarcasmo.

—A duras penas puedo verte a *ti*. No la veo, pero huelo algo. El aire tiene una especie de regusto. Podría ser por un fantasma. Podría ser el propio bosque. El bosque de Harkhound no es sólo un grupo de árboles.

—Atentos —exclamó Oliver, deteniéndose—. Creo que estamos por llegar, *adonde* sea que quiere llevarnos —con un movimiento de cabeza apuntó a una abertura entre los árboles—. Ella está ahí inmóvil.

Trebastion parpadeó una y otra vez, moviendo la cabeza hacia atrás y hacia delante, como el armadillo cuando andaba cazando una babosa.

—¿Dónde? Ah... sí... ahí.

Aguardaron en silencio. Oliver volteó la cabeza despacio, tratando de enfocar mejor el atisbo de rojo.

No era una mujer joven. Eso lo sorprendió. Por alguna razón, había imaginado a una mujer joven, probablemente por la historia que contaba la canción. En cambio, esta mujer tendría la edad de su madre, y el pelo salpicado de mechones grises. Estaba de pie entre dos árboles muy grandes, alisándose el delantal con ambas manos.

"Me he enfrentado a ghules y bandidos y al alcalde Stern", se dijo Oliver. "Un fantasma no es nada comparado con eso. Y menos un fantasma con buenas intenciones".

Se adelantó un paso. El fantasma no se desvaneció al acercarse. Mantuvo las manos en el delantal y la mirada baja.

—Hola —dijo Oliver por fin.

El fantasma lo miró y volvió a bajar la vista.

—Nos ha... nos ha sido de gran ayuda. Le estoy muy agradecido.

Otra vez lo miró, y bajó de nuevo la mirada.

—Yo también le estoy agradecido —dijo Trebastion—. Supe que usted salvó mi pellejo, señora —hizo una profunda reverencia, estirando los brazos a los lados, con ademanes de juglar.

Una sonrisa fugaz cruzó el rostro del fantasma. "El fantasma de una sonrisa", pensó Oliver, y luego se sintió agradecido de que el armadillo no hubiera oído ese pensamiento, porque probablemente recibiría un mordisco en las espinillas.

Los cuatro se quedaron allí, mago, juglar, armadillo y fantasma, durante un momento que se prolongó eternamente. Oliver se preguntó qué tendría que hacer ahora, si es que debía hacer algo más.

El fantasma pareció tomar una decisión, al fin, porque se hizo a un lado y alargó una mano apuntando a un lugar más allá de la abertura entre los árboles.

—Muy bien —dijo Oliver. Respiró hondo y caminó hacia allá. "Adelante. No hay problema con darle la espalda. Es un fantasma, puede aparecerse detrás de ti cuando quiera". A pesar de eso, sintió que la piel le hormigueaba, pero mantuvo la mirada firme al frente.

Había una especie de frescor en el aire frente a él, donde había estado el fantasma, como el rocío que se levanta de una catarata en un día tibio. Y luego, Oliver se metió por la abertura entre los árboles, y vio la pequeña cavidad formada por sus raíces.

Estaba llena de huesos.

Oliver se lo esperaba, a decir verdad. Era muy lógico. Pasó un momento nervioso, en busca de más calaveras, por si acaso la mujer del granjero había estado atrayendo viajeros hasta allí para luego asesinarlos, pero sólo había una. "Y no es que ella no haya tenido oportunidad de vernos muertos antes de llegar ahí".

Los que buscan cosas en el bosque habían desorganizado los huesos, pero parecían estar completos. Aún había jirones de tela envolviéndolos, de color desvaído y medio podridos.

—¡Diablos! —murmuró Trebastion a sus espaldas.

—Es su tumba —contestó Oliver.

—No —dijo el otro—. Son sus huesos. No tiene tumba. Nadie la enterró.

Por el rabillo del ojo, Oliver vio a la mujer del granjero asintiendo.

—¿Crees que eso es lo que ella quiere? —preguntó en voz baja.

Trebastion asintió.

—Es lo que quiere la mayoría de ellos —contestó—. Eso y también que se haga justicia. Pero creo que ha pasado tanto tiempo desde entonces que la justicia ya no viene al caso.

El fantasma asintió de nuevo, con una expresión de tristeza en el rostro.

—Permíteme —dijo Trebastion—. Tengo algo de experiencia manipulando esqueletos.

Él se arrodilló junto a los huesos. Sus largos dedos trabajaban con delicadeza organizando la osamenta dispersa. Los trozos de tela se deshicieron cuando los tocó. ¿Habrían sido rojos alguna vez? Oliver no sabía decirlo.

"Espero que no piense que tiene que hacer un arpa con ellos".

Por suerte, no lo pensó así. Movió los huesos hasta armar algo semejante a una figura humana, y depositó la calavera en su lugar, sobre una almohada de musgo.

El fantasma lo observaba atentamente. Oliver la miraba por el rabillo del ojo. Hasta ahora, había sido benévola, pero ¿qué tal que estuviera esperando un sacrificio de sangre, o algo así?

Trebastion terminó su tarea y se quitó el abrigo. Miró a Oliver:

—¿Dijiste que ella me salvó?

No era el momento adecuado para aclarar que más bien había sido un esfuerzo conjunto. Oliver asintió.

Trebastion dispuso su abrigo sobre el esqueleto, con gran reverencia, ajustándolo alrededor de las clavículas. Se acurrucó, y empezó a cantar.

En el bosque, en el bosque,
Su espíritu vaga todavía,
Con su rojo vestido
En el bosque, en el bosque, en el bosque...

Trebastion asintió. Buscó dos palos y cortó una tira de la parte baja de su camisa, que ya estaba bastante andrajosa, y la utilizó para atar los dos palos formando una cruz rústica para poner en la tumba.

Para cuando terminó, ya sólo eran tres los que quedaban alrededor de la cavidad con los huesos.

—Espero que lo que dice tu canción ya no sea cierto —comentó Oliver mientras se alejaban.

—Yo también —respondió Trebastion. Se restregó la cara con las manos—. Ojalá hubiéramos sabido su nombre.

—¿Y ahora adónde vamos? —murmuró.

El armadillo lo oyó y se acercó al trote.

—Propongo que sigamos el olor de las ovejas.

—¿Ovejas?

—Hay estiércol de oveja viejo por aquí —el armadillo rascó el suelo con una garra—. Una buena cantidad, pero ya reseco. Si hay ovejas, habrá pastores. Sólo hay que averiguar dónde están las ovejas, y daremos con los pastores.

—¿Y crees que ese pastor será uno de los Pastores de Nubes?

El armadillo se encogió de hombros.

—Puede ser, puede que no. Pero sí creo que si tienes personajes mágicos que controlan las lluvias viviendo en la zona, cualquier otra persona sabrá dónde encontrarlos. Así sea sólo por instinto de supervivencia.

Oliver lo pensó y se vio obligado a admitir que era una buena idea. Todo el mundo en las aldeas y pueblos de los alrededores sabía dónde vivía el viejo mago, y él era sólo uno en su clase.

—¿Puedes olfatear adónde fueron las ovejas?

—Soy un armadillo, no un sabueso —contestó el armadillo, encaminándose ladera arriba—. Sugiero que empecemos a caminar y busquemos ovejas.

Les tomó otro día dar con señales de ovejas. Permanecieron cerca del límite del bosque, en caso de que necesitaran correr a ocultarse allí de nuevo. Aunque ninguno quería pasar más tiempo entre los árboles, Oliver tenía que reconocer que las escarpadas laderas de la sierra no eran un lugar adecuado para esperar a que pasara una tormenta. El viento hacía que dormir allí resultara especialmente frío, así que mantuvieron el bosque a la vista.

Dos veces vieron animales a lo lejos, y se entusiasmaron, para luego descubrir que las criaturas eran cabras montesas. Eran hermosos ejemplares con cuernos negros y cortos, pero no le pertenecían a nadie más que a ellas mismas.

Oliver pasaba los ratos muertos rememorando en su mente el momento en que había atado los cordones de los zapatos de Stern entre sí.

Era muy raro que se le quedara fijo ese instante. Lo sabía. Debería estar pensando en los hombres que habían muerto. Pero por alguna razón era este momento el que iba y venía en su mente, como un chícharo seco en un tazón.

No había pensado en las implicaciones de sus actos. Tan sólo había actuado. "Y lo volvería a hacer. Claro que sí. Era un hombre malo. Era un asesino que sacrificó a su propia gente para salvarse del ghul".

No se sentía culpable por eso, como sí le había sucedido con Bill, o incluso con los hombres que el ghul había matado. Pero le seguía pareciendo que *debía* haber pensado antes de actuar. Sabía que podía matar gente. Sabía que ese hechizo podía ser una sentencia de muerte con los ghules merodeando por ahí. Y a pesar de todo no lo había pensado.

"Debió haber un momento en que yo parara para pensar y darme cuenta de lo que estaba por hacer y tener en cuenta las consecuencias, ¿no es así?".

Los adultos siempre decían que uno debería detenerse y pensar en lo que estaba por hacer. Oliver no había pensado. No había tenido tiempo de pensar. Era la vida de un hombre la que dependía de ese hechizo, y él *sabía* que era la vida de un hombre y a pesar de todo no lo había pensado.

"Si supieras que alguien podría morir si tú haces algo, ¿no deberías pensarlo bien antes? ¿Aunque fuera por un instante?".

"Funcionó", contestó el armadillo en su mente.

"¿Y qué tal si no hubiera funcionado?".

"¡Ay, estos humanos! Malo si sí, y malo si no... ¡Terrible!".

Probablemente eso era lo único que podía decirse sobre el asunto, pero Oliver no podía dejar de pensar en eso, como sucede con una muela adolorida.

Era media tarde del segundo día cuando Trebastion señaló y dijo:

—¿Ésas también son cabras?

Oliver siguió la línea que trazaba su brazo hasta una docena de pequeñas formas blancas. Se veían diferentes de las cabras, pero era difícil precisarlo a tal distancia.

—¿Tal vez? —se frotó la parte baja de la espalda. Eso de caminar por una pendiente irregular durante horas y horas le había provocado molestias en lugares inesperados. Sentir dolores en rodillas y caderas lo hacía sentir extrañamente viejo.

Caminaron de prisa a través de las laderas hacia las potenciales ovejas. Las montañas no eran lisas, sino que tenían estribaciones y pliegues en sitios raros, así que a menudo tenían que alejarse cientos de pasos de su camino para llegar a un lugar que parecía cercano. Les tomó un largo rato y ya estaban sin aliento. Oliver tuvo que detenerse y cargar al armadillo varias veces.

Las ovejas los miraron sin la menor curiosidad cuando se aproximaron. Eran mucho más blancas y daban la impresión de ser más suaves que las de color crema grisáceo que Oliver estaba acostumbrado a ver. Un carnero de cuernos en espiral y franjas de un gris profundo se destacaba entre las demás como una nube de tormenta. En la parte posterior de las patas, todas tenían una especie de mechones o jirones blancos y finos, como los caballos de tiro.

—Son ovejas, definitivamente —dijo Oliver—. Ahora sólo tenemos que averiguar dónde está el pastor.

Alguien se aclaró la garganta haciendo bastante ruido. El armadillo suspiró.

El pastor estaba recostado en una roca, no oculto por ella, sino extraordinariamente inmóvil. Era alto y de piel bronceada, con un rostro magro y una tupida cabellera blanca. No se veía viejo, a pesar del color de su cabello, pero eso no era lo más insólito con respecto a él.

Estaba cubierto de líneas que trazaban remolinos, tatuadas o pintadas, eso era algo que Oliver no podía definir, y las líneas eran de un azul luminoso, del color del cielo en verano.

—¡Diablos! —resopló Trebastion—. ¿Ya viste eso?

La imagen que Oliver se había hecho de figuras místicas paradas sobre piedras no encajaba del todo con el hombre que tenía enfrente, y a pesar de eso... "Es un pastor, y esos tatuajes definitivamente tienen magia". El aura del hombre era un hilo de luz azul vibrante.

—¿Es usted un Pastor de Nubes? —preguntó Oliver.

El hombre inclinó la cabeza.

Oliver les dio un vistazo a las ovejas. Se veían esponjosas y blancas, cual nubes, pero eran ovejas, sin duda. Sintió una repentina punzada de alarma. "¿Qué tal si no saben nada de las lluvias? Todo el mundo en Loosestrife parecía estar al tanto de que los Pastores de Nubes controlaban la lluvia, pero eso no figura en ninguno de mis libros. ¿Qué tal si ésta es una de las cosas que el viejo mago no me explicó?".

El Pastor de Nubes dijo:

—Estás muy lejos de tu hogar.

—Sí —respondió Oliver—. Mmmm... ¿Hola?

El Pastor de Nubes hizo una pausa, tal vez perplejo por la conversación que se daba sin orden ni concierto, o quizá tan sólo divertido por eso mismo. Asintió:

—¿Qué te trae por aquí?

—Vine en busca de la lluvia —contestó Oliver, preparándose para la decepción si el hombre llegaba a decir algo como "¿Qué tiene eso que ver conmigo?".

La expresión del Pastor de Nubes no cambió, aunque las líneas azules alrededor de su boca dieron la impresión de pulsar levemente.

—¿Quieres que mandemos nuestras nubes a pastar en sus cielos?

Eso sonaba... ¿prometedor? Al menos se comportaba como si fuera algo posible.

—Sí, por favor —contestó Oliver.

—¿Y por qué?

Oliver tragó en seco.

—Mmmm... ¿porque las necesitamos?

—¿Eso es cierto?

—Sí, muy cierto. Mmmm... la sequía es muy grave en este momento. La gente va a morir.

—La muerte le llega a todo el mundo, tarde o temprano —sentenció el Pastor de Nubes.

Oliver no tenía idea de qué contestar. No esperaba tener esta conversación tan pronto, y no sabía cómo explicarle a este hombre alto, con líneas azules, que le debería importar que hubiera gente sufriendo, y que eso era algo que *importaba* y que él lo podía arreglar y que, si uno podía arreglar algo, entonces debía hacerlo porque si no, nada tenía sentido y uno igual podría ser un ghul o alguien como el alcalde Stern.

Enderezó los hombros y abrió la boca, y el Pastor de Nubes alzó una mano:

—Suficiente.

—Pero...

—Te llevaré con la Ama de la Lluvia. Es a ella a quien tienes que exponerle tu caso, no a mí.

Oliver se pasó la lengua por los labios resecos y asintió.

Oliver sabía más de reses que de ovejas, pero le sorprendió ver que el Pastor de Nubes estuviera dispuesto a alejarse de su rebaño. Y entonces, el hombre pintado silbó y una de las formas blancas más grandes y despeinadas se separó del rebaño y corrió hacia él.

Era un perro, con grandes mandíbulas y un pelaje increíble con una melena como de león. Tenía tres líneas azules que brillaban en su oreja izquierda. Oliver se preguntó si servirían para identificar al perro como posesión de este Pastor en particular o si querrían decir alguna otra cosa.

—Cuídalas —le dijo el Pastor al perro.

El perro se sentó. Su mirada era más penetrante que la de cualquier otro perro que Oliver hubiera conocido. ¿Sería un animal familiar, como Eglamarck? Su propio animal familiar se mantenía bien alejado, y movía las orejas con preocupación.

El Pastor de Nubes se dio la vuelta y se alejó caminando. Oliver y Trebastion se apresuraron a ir tras él.

La aldea de los Pastores de Nubes no quedaba muy lejos, pero Oliver no la vio sino hasta que estuvieron casi sobre ella. Las construcciones eran estructuras muy complejas de fieltro de lana y madera que la intemperie había tornado gris, casi del mismo color de la ladera. Parecían flores, o papel plegado, con múltiples techos en diversos ángulos y aleros. El humo brotaba de chimeneas angostas y se perdía en el cielo blanco más arriba.

Era un lugar silencioso. Oliver estuvo a punto de no distinguir a los habitantes a primera vista, y después se preguntó cómo era posible no ver a personas de semejante estatura y cubiertas de relucientes líneas azules. Pero se movían sin hacer ruido, y sus voces eran pausadas y cuando al fin veía a alguien, por más que la persona estuviera sentada a plena vista, sentía una especie de conmoción.

Contó unos seis Pastores de Nubes, frente a las casas. La mayoría tenían husos de hilar, y fue por los movimientos de éstos que su mirada resultó atraída. Dos niños estaban sentados junto a una de las construcciones, jugando a algo que parecían canicas, pero hasta las voces de ellos parecían amortiguadas, como si estuvieran muy lejos.

—Perdón, pero… —empezó Trebastion, que caminaba al lado del Pastor—, esas líneas relucientes, ¿cómo las *hacen*?

Su voz pareció retumbar. El Pastor sonrió, por primera vez.

—Es leche de nube —dijo—. La usamos para tatuarnos.

Oliver miró alrededor. Todos los adultos estaban profusamente tatuados con esa tinta. Los dos niños tenían puntos azules en cada mejilla.

—Apuesto a que nunca tienen ningún problema para encontrar el ojo de una cerradura en la oscuridad —dijo Trebastion con evidente envidia.

—Ya hay suficiente oscuridad en el mundo —contestó el Pastor—. No tenemos ninguna intención de añadir más, a menos que debamos hacerlo.

Se detuvo ante la más alta de las estructuras y les indicó que entraran con un gesto. La cortina que colgaba en la puerta era un pesado tejido de lana, de color gris pálido, y Oliver sintió su aspereza en los dedos.

El interior del lugar estaba iluminado por faroles con el azul refulgente de la leche de nube. Oliver se preguntó si literalmente ordeñarían nubes —cosa que, a estas alturas, no era lo más extraño que hubiera oído—, o si era alguna otra sustancia que llamaban por ese nombre. Luego, vio al Ama de la Lluvia, sentada en el extremo más alejado, y dejó de pensar en cualquier otra cosa.

Era bastante gorda, con la cara redonda y grandes mandíbulas, como el perro de la montaña. La tinta azul trazaba espirales en el dorso de sus manos y en su frente. Su aura resplandecía como un hierro de marcar en la oscuridad. Su piel era muy lisa, pero Oliver suponía, por las arrugas alrededor de los ojos, que era muy vieja.

Eran arrugas de risa, no de tristeza, y él se atrevió a abrigar esperanzas por un momento, hasta que su mirada cayó en la enorme forma que había detrás.

Era una cara también, pero tejida, al menos tan alta como Oliver. Tenía unos trazos que sugerían una nariz y orejas, pero carecía de ojos o boca. Entonces, el Ama de la Lluvia levantó una mano, y de repente unas formas se movieron desde el techo hacia el tapiz de la cara, formando los ojos y la boca y las cejas.

—Bienvenido, joven mago —dijo el Ama.

Las formas móviles se reorganizaron en largas líneas, para dar la impresión de que la cara sonreía y los ojos se le achicaban.

—¡Diablos! —murmuró Trebastion—. Son arañas.

—¿Y eso te sorprende? —preguntó el Ama, evidentemente divertida—. Ellas y yo somos tejedoras. Y las arañas y la lluvia van bien, ya lo sabes.

—Si matas a una araña, lloverá —dijo Oliver, con los labios resecos.

—Eso dicen. Pero no le ha funcionado a tu gente, ¿no es así, joven mago? Por eso has venido hasta aquí, ¿cierto?

—Sí —contestó Oliver, desprendiendo su mirada de las arañas—. Así es. Hemos tenido una fuerte sequía.

—Así que aquí viniste, a pedir la lluvia.

—Sí.

En la pared, la cara mostró sus dientes en una carcajada. Oliver la miró atentamente, y una parte separada de su mente admiró la manera en que estaba construida. Había muchísimos tipos de arañas, desde las muy pequeñas y oscuras hasta las de color amarillo y negro, del tamaño de una mano de Oliver. Las más grandes extendían sus patas delanteras, dibujando una forma de U para el contorno de cada diente, mientras que sus cuerpos hacían parte de la oscuridad del interior de la boca. Era verdaderamente impresionante, pero eso no quitaba que sintiera un hormigueo insoportable en toda su piel.

—Usted es una maga —dijo Oliver—, ¿cierto? Y esas arañas...

—Son mis animales familiares —contestó el Ama de la Lluvia—. Como ese acorazado amigo tuyo —las arañas le sonrieron al armadillo—. Imagino que tú podrías considerar magos a la mayoría de mi gente, aunque sólo algunos de ellos sean tremendamente poderosos desde el punto de vista de un extranjero.

—No es que yo sea muy poderoso —admitió Oliver. A lo mejor era una tontería reconocerlo, pero algo le decía que sería más tonto tratar de mentirle al Ama de la Lluvia.

—Lo suficientemente poderoso como para haber atravesado el bosque de Harkhound —dijo el Ama—. Ese lugar no le tiene paciencia a la debilidad.

—Creo que más bien tuvimos suerte —explicó Oliver.

La cara rio de nuevo.

—La suerte vale mucho —se encogió de hombros el Ama—. Bien, entonces, a nuestros asuntos. ¿Qué me vas a dar a cambio, joven mago? —preguntó—. ¿A cambio de darte la lluvia?

Oliver sintió que el corazón se le encogía. Por supuesto que los Pastores de Nubes querrían algo a cambio. Todo el mundo quería algo a cambio. La lluvia tenía que ser algo increíblemente valioso, ¿cierto? La gente moriría sin ella. Y aquí llegaba él, ingenuo y tambaleante, sin oro ni gemas, con apenas un puñado de monedas de cobre, convencido de que bastaría con pedirla.

Se enderezó.

—Tengo algo de dinero —dijo—. No mucho.

—Las lluvias no pueden comprarse con riquezas —repuso el Ama, mientras las arañas formaban una expresión severa detrás de ella—. Los ricos mueren por falta de agua, al igual que el resto de las personas.

Oliver se mordió los labios. ¿La habría ofendido? ¿Había fracasado? ¿Habría hecho todo este camino para, sin quererlo, insultar al Ama de la Lluvia y arruinarlo todo?

—Le ruego que me perdone —se excusó—. Mi predecesor… me enseñó todo… pero no me dijo qué era lo que debía hacer aquí. Si había algo que yo debería traer.

El Ama ladeó la cabeza, observándolo. Las arañas se dispusieron para dar la impresión de una quietud meditativa.

—Reina la confusión en tu mente —dijo al fin—. Tus ideas están enredadas como la lana sin cardar.

"Ah, caramba", oyó pensar al armadillo. "Si tenemos que esperar a que los pensamientos humanos se desenreden, podemos morirnos de viejos antes de que consigamos la lluvia". No era de buena educación pensar semejante cosa, pero tampoco estaba muy equivocado. El corazón de Oliver, que ya se había encogido, ahora se redujo más.

El Ama de la Lluvia rio. El sonido era inesperadamente musical, como agua rodando sobre piedras.

—No, pequeño —le dijo al armadillo—, no tendremos que esperar tanto.

—¡Está leyendo mi mente! —dijo bajito el armadillo.

—Sólo la superficie —contestó el Ama—, tan sólo los pensamientos que podrían convertirse en palabras —abrió las manos. Había espirales azules en sus palmas, que seguían por sus antebrazos y se convertían en renos con los cuernos entrelazados que miraban a Oliver con ojos huecos. Detrás del Ama, las arañas sonrieron y sus patas formaron arrugas de risa—. Salta a la vista que eres joven, mago, y tus pensamientos son jóvenes y desordenados.

—Estoy cansado de ser joven —dijo Oliver, porque lo estaba pensando lo suficientemente alto como para que no importara decirlo en voz alta—. Sin importar mi juventud, mi aldea me envió a esto —todavía sentía que había sido una injusticia y le dolía, pero el amor, la compasión y el resentimiento se entretejían y no encontraba manera de desenredarlos.

—Sí —el Ama estuvo de acuerdo—. Ése es el precio que tu aldea pagó. Nunca volverás a amarlos con todo tu corazón. La sombra de lo que hicieron por miedo estará siempre entre ellos y tú. Sin embargo, podrán seguir vivos, y aprender a dar un rodeo alrededor de esa sombra, o decidir que no vale la pena hacerlo, requerirá la madurez de la edad adulta.

Oliver bajó la cabeza, preguntándose si llegaría a tener esa madurez de la edad. "Aunque extraño a Vezzo y a Matty. Y a mi mamá". Se preguntó en qué momento había madurado lo suficiente como para que no lo avergonzara extrañar a su madre.

El Ama de la Lluvia tamborileó con los dedos en el brazo de su silla. Oliver alcanzaba a oír otro tamborileo más suave, y confió en que fuera más bien un eco y no el sonido de docenas de arañas golpeteando con sus patas.

—¿Me darías tu magia a cambio? —preguntó ella de pronto.

—Mmmm... ¿qué? —exclamó Oliver.

—Tu magia —aclaró el Ama—, a cambio de la lluvia —debió entrever su desconcierto porque levantó una mano pintada de azul y la agitó despreocupadamente—. Es muy sencillo. Puedo hilarla para sacarla de tu interior, como quien hila de una rueca de lana. Desaparecerá y tú serás normal.

La idea era tan descabellada e inesperada que no pudo más que mirar al Ama con fijeza. ¿Entregar su magia? ¿Toda? ¿Y ya no ser ni siquiera el más insignificante mago menor?

—Serías normal —dijo ella—, como todos los demás muchachos. Eso es lo que siempre has soñado, ¿o no? ¿No querías ser normal?

Oliver parpadeó mirándola.

—¿N-no...? ¿Por qué iba a querer *eso*?

El Ama lo contempló durante un buen rato, y luego estalló en risas. Tenía una risa gutural y profunda. En la cara del tapiz, las arañas mostraron su diversión silenciosa.

—Retiro lo dicho, jovencito —dijo, secándose los ojos—. Y te lo agradezco. A mi edad, a veces uno empieza a pensar que ya sabe cómo funciona todo lo que nos rodea. Está bien que de vez en cuando algo me ponga en mi lugar. Entonces, entiendo que tu magia no es un trauma y un tormento para ti, ¿cierto?

—No —contestó Oliver —, quiero decir, yo arreglo cosas…
—su mente iba y venía entre el niño de los Jenson con sus ojos hinchados y la magia para sacar a los gremlins del molino y los demás problemas insignificantes que podía solucionarle a la gente. Era útil. Tuvo la esperanza de que el Ama de la Lluvia pudiera leer eso en su mente porque, si le tocaba tratar de explicarlo, temía que sonara como si estuviera fanfarroneando. Tenía la impresión de que esta mujer no estaría muy impresionada con el fanfarroneo.

—¿Y renunciarías a eso a cambio de la lluvia?

El corazón de Oliver, que pensaba que no podía encogerse más, pareció reducirse hasta casi desaparecer.

¿Renunciar a su magia? ¿Ceder todo por este gran acto y perder todo lo que podría hacer más adelante?

Uno debe ayudar a la gente cuando sufre.

Pero si no tenía magia, no podría ayudar a la gente, ¿cierto?

"O sea, sí puedo ayudar, obviamente… Podría… podría, por ejemplo, lavarles la ropa o algo así, pero no podría remediar cosas como los efectos de la hiedra venenosa en el niño de los Jenson ni los paquetes de travesura en el molino".

Era fácil decir que una persona siempre puede marcar la diferencia, pero era aún más fácil cuando esa persona tenía la habilidad de poner a su servicio fuerzas arcanas, incluso si eran menores e insignificantes.

"Pero si nadie tiene lluvia, no importará si tengo la capacidad de curar los males de la hiedra venenosa. Ellos morirán".

El armadillo se acercó a hurtadillas, y se recostó en sus piernas. Oliver se dio cuenta de algo, con una claridad avasallante: si no tenía magia, no tendría animal familiar. Y Eglamarck era su mejor amigo.

¿Sería capaz de intercambiar a su mejor amigo, incluso si la aldea entera estaba en juego?

No. La aldea lo había intercambiado a *él* por la lluvia, y estaba bastante seguro, en el fondo, de que ésa era una herida que cicatrizaría pero que nunca sanaría. No podía volverse y hacerle eso mismo a otro.

—No puedo —dijo—. No puedo. Lo haría, pero... —negó con la cabeza. Las palabras no le salían, o eran demasiadas y temía que se le vinieran todas al tiempo y terminara llorando. No quería llorar frente al Ama de la Lluvia y Trebastion.

El armadillo volteó su cabecita y suspiró.

—No, no puedes —lo secundó Trebastion. Oliver se sobresaltó. Se había olvidado por completo de la presencia del juglar allí.

Trebastion dio un paso al frente hasta quedar casi tocando con su pie la punta del pie del Ama de la Lluvia.

—No le pida la magia a él, porque la necesita. En lugar de eso, puede tomar la mía.

Oliver miró fijamente la parte de atrás de la cabeza de Trebastion.

—¿En serio? —dijo Oliver.

—¿En serio? —dijo el Ama. Su mirada se demoró sobre los moretones que le cruzaban la cara al joven.

—Mi magia nunca ha servido para mucho más que para estropearme la vida —explicó—. Pero Oliver me salvó. Le daré mi magia a cambio de la lluvia para él y su aldea.

El Ama cerró los ojos para pensar. Por encima de su cabeza, las arañas mostraron una serie de emociones en rápida sucesión... asombro, previsión, diversión y otras.

—Sí —contestó—, estoy de acuerdo con eso —sonrió, dejando ver todos sus dientes—. Es menos de lo que debería pedir, pero ustedes dos me han sorprendido hoy y por eso, me conformaré con menos. El asombro ayuda a mantenerse joven —tendió una mano—. Dame tu muñeca.

Trebastion miró nervioso las arañas por encima de la cabeza del Ama, pero estiró el brazo.

—No tienes que hacerlo —dijo Oliver—, en verdad que no.

—Pues voy a hacerlo —contestó Trebastion.

—Pero...

—Cállate, Oliver, y déjame hacer algo útil con mi magia, aunque sea por una sola vez.

El rostro del Ama de la Lluvia se suavizó.

—No te dolerá mucho —dijo con amabilidad—, pero tal vez prefieras cerrar los ojos. Hay gente que encuentra esto un poco... inquietante.

Trebastion cerró los ojos con fuerza. Oliver quería mirar hacia otro lado, pero la curiosidad profesional lo mantuvo atento. Jamás había oído que se le pudiera arrebatar a alguien la magia. ¿Cómo se haría?

El Ama puso una mano a sus espaldas y varias arañan amarillas y negras se pasaron del tapiz a la mano. Las bajó hacia la muñeca de Trebastion.

—Un piquetito ahora —dijo—. Mil disculpas, jovencito. Creo que has tenido tu cuota de dolor para mucho tiempo.

Trebastion dijo:

—Ajá —y dio un respingo cuando ella sacudió la mano y una fina maraña de hilillos de sangre empezó a derramarse de su muñeca.

Las arañas descendieron sobre la sangre. Lo primero que a Oliver se le cruzó por la mente fue que iban a alimentarse de ella, y sintió náuseas. Pero resultó que la realidad era diferente.

Empezaron a tejer.

La sangre de Trebastion tiñó la telaraña, o tal vez estaban tejiendo la misma sangre en los largos hilos de seda. Oliver no lo sabía, y no podía hacer suposiciones. Estaban muy atareadas, cruzando y entretejiendo sus hilos, y una delgada telaraña con forma de escalera empezó a bajar de la muñeca del juglar hacia el suelo. Los travesaños de la escalera iban para un lado y para otro de manera un poco errática, dibujando algo que parecía escritura.

Oliver entrecerró los ojos para fijar la vista. Los hilos eran mucho más gruesos que los de cualquier telaraña que hubiera visto antes, y mientras más la examinaba, más se convencía de que había palabras escritas en los travesaños, pero en un alfabeto que desconocía. Miró al Ama de la Lluvia, que seguía sosteniendo la mano de Trebastion.

—¿Acaso eso está…?

—Está escrito en el antiguo lenguaje de las arañas —dijo ella—. Y no, yo tampoco sé leerlo. Mis amiguitas tratan de traducírmelo, pero sospecho que hay cosas que los mamíferos no estamos destinados a saber —terminó con una sonrisa ladeada, mirando la pieza de telaraña roja.

Faltaba muy poco para que tocara el suelo cuando el Ama dijo:

—Basta —y apretó la herida con su pulgar. Las arañas terminaron su trabajo a toda prisa, atando los cabos sueltos. La más grande de las arañas levantó la telaraña entre sus patas delanteras y se la ofreció ceremoniosamente al Ama de la Lluvia.

—Pon tu pulgar donde tengo el mío, jovencito —dijo. Trebastion parpadeó y se apresuró a seguir las instrucciones—. Dejará de sangrar en unos cuantos minutos. La tela de araña es el vendaje más fino que pueda uno conseguir, aunque parezca mentira.

—Le creo —respondió él—. ¿Eso fue todo? ¿Se ha ido… la magia?

El Ama de la Lluvia recibió la telaraña roja de las patas de su animal familiar, y la colgó de su brazo. El azul reluciente brilló más, y la tela se vio de color violeta… y luego desapareció y el azul lentamente volvió a su tono normal.

—Ya se fue —le aseguró a Trebastion.

Los ojos del joven se cerraron en un gesto de alivio indescriptible.

El Ama de la Lluvia miró a Oliver y sonrió.

—¿Esto te asusta? —preguntó.

—Sí —dijo él.

—Está bien, porque así debería ser. Me asustó también, la primera vez que vi lo que hacía. Pero te has ganado tu lluvia —se levantó, y tomó un bastón que había a un lado de su silla. Tres arañas amarillas hicieron adornos dorados en su pelo—. Abre los ojos, muchacho, y vayamos hasta el final de esto.

❧ 12 ❧

Trebastion se tambaleó un poco cuando salieron del lugar. Oliver trató de sujetarlo, pero el Ama de la Lluvia fue más rápida, lo sostuvo con un fuerte brazo y apoyó el peso de ambos en su bastón.

—Jovencito, creo que más vale que permanezcas un tiempo entre nosotros.

—¿Es por la magia? —preguntó Oliver—. ¿O por la falta de magia, más bien?

—No, se debe al hecho de que tiene contusiones por lo menos en tres costillas, aunque puede ser que me equivoque en el número —contestó el Ama.

Trebastion se las arregló para sonreír.

—No molestaban mucho —dijo—, hasta anoche, que tuve que dormir en el suelo.

—Pues te pondremos en una cama de lana de nube —propuso el Ama de la Lluvia—. También te serviría algo de ungüento en esas contusiones. Parece que alguien te tiene cierta antipatía, ¿es eso?

—Un hombre llamado Stern —contó Trebastion—. Puede ser que yo hubiera puesto al descubierto el hecho de que estaba asesinando niñitas.

—Espero que ése haya sido el motivo. ¿Y sigue persiguiéndote?

—No, creo que no. Puede ser que un ghul lo haya devorado.

—Esas cosas pasan —lo miró y su garganta emitió una especie de refunfuño—. También necesitas alimento. Para que tengas algo de carne sobre esas costillas maltrechas.

Trebastion bajó la cabeza sonriendo. Oliver recordó lo que le había dicho en el bosque, sobre un cierto tipo de mujer que siempre quería darle de comer.

El Ama de la Lluvia miró al alto Pastor de Nubes que los había llevado ante ella.

—¿Gregor? Tu rebaño está casi a punto para la esquila, pero eso es una observación y no una orden. Tienes un nuevo bebé en casa, e iré a preguntarle a Holly si será demasiado trabajo.

Gregor inclinó la cabeza hacia un lado. La luz azul pulsó en su cara.

—Me encargaré —dijo—. Al fin y al cabo, fue a mí a quien encontraron.

—¿Estás seguro?

El hombre miró a Oliver.

—Su gente necesita la lluvia. Nosotros estamos bien por el momento.

—Haré todo lo que esté en mis manos para que no soportes privaciones a causa de esto —asintió el Ama—. Muy bien, joven mago. Gregor te permitirá llevarte sus nubes.

A Oliver no se le había cruzado por la cabeza que los Pastores de Nubes dependieran de sus nubes de la misma manera que lo hacían los pastores de ovejas con sus rebaños. Las nubes eran nubes, ¿o no? Pero por la manera en que hablaban de ellas los dos Pastores de Nubes, sonaban más bien a animales y, de ser así, Oliver estaba pidiendo demasiado.

Miró al cielo, que se veía gris, indescriptible y homogéneo. Eran sólo nubes. ¿Cómo funcionaría todo esto?

Recorrieron nuevamente sus pasos por la ladera. El Ama de la Lluvia se apoyaba en su bastón, pero eso no parecía hacerla ir más despacio. Una o dos veces llegó a sostener a Trebastion antes de que cayera.

Al fin, llegaron hasta donde estaba el rebaño que Oliver y Trebastion habían divisado hacía apenas un par de horas.

—Pues muy bien —dijo el Pastor de Nubes, señalando el rebaño con un gesto de la barbilla—. Ahí tienes tus nubes, si consigues montarte en el carnero.

Oliver miró al hombre y luego al rebaño y por último al carnero gris.

—¿Cómo?

El Ama de la Lluvia rio. Tomó un odre de su cinturón y vertió unas gotas en la palma de su mano. El líquido brilló con un tono azul acuoso. Humedeció su dedo pulgar y se volvió hacia Trebastion.

—Cierra los ojos.

El joven obedeció, y ella le pasó el pulgar por los párpados, para luego volverse hacia Oliver.

Oliver cerró los ojos, muy obediente, mientras ella se aproximaba. Sentía algo de cautela, pero como Trebastion no se había desplomado gritando, tal vez no había riesgos. El dedo se sintió tibio y el líquido azul (¿leche de nube, acaso?) dejó un rastro de humedad en sus párpados.

Abrió los ojos de nuevo, en el momento en que el Ama de la Lluvia usaba su bastón para agacharse y darle el mismo tratamiento al armadillo.

—¡Oh! —exclamó Trebastion.

—¡Oh, ya veo! —Oliver parpadeó varias veces.

Oh.

Si las nubes se posaran en la tierra y pastaran en las laderas… no, no era eso. Era obvio que las nubes habían *descendido* sobre la tierra para pastar en las laderas. Oliver lo estaba viendo.

Seguían viéndose como ovejas, más o menos. Pero la visión tras la leche de nube le mostraba a Oliver la verdad. Los contornos de las ovejas cambiaban como los de las nubes al viento, y a veces tenían más patas y a veces menos. Vio a una girar, pero lo que hizo fue absorber la cabeza de regreso en su lana y sacarla de nuevo por el otro lado de su cuerpo.

Y el carnero… el carnero era una nube de tormenta. El rayo se movía por sus cuernos y sus ojos brillaban con el mismo azul eléctrico de los tatuajes de los Pastores de Nubes. Los mechones largos y finos de la parte posterior de las patas revoloteaban al viento, y se desprendían, desvaneciéndose en el aire.

Oliver tragó en seco.

—¿Se supone que debo montarme en… *él*?

El Ama de la Lluvia asintió.

—Súbete a su lomo y el rebaño lo seguirá. Ve con él por el cielo hasta tu aldea y allí lloverán para ti. Pero después debes dejarlo libre para que pueda traer de regreso al rebaño —señaló a Gregor con un ademán de la cabeza—. Lo que obtuviste es la esquila de lluvia de esta temporada, pero no hay magia capaz de comprar las nubes.

—Está bien —dijo Oliver, frotándose las palmas en los pantalones. El carnero lo miró con aire poco amigable—. Yo… mmmm… está bien. ¡Qué lindo animalito!

Dio dos pasos hacia el carnero, y éste bajó la cabeza y lo embistió.

Oliver logró esquivarlo y soltó un chillido al golpearse el hombro contra el suelo rocoso.

—¡No creo que quiera que nadie lo monte!

—Creo que tendrás que hacerlo a la fuerza —dijo Gregor—. Es feroz ese carnero.

—¿A la fuerza?

Gregor se desató un trozo de cuerda anudado de su cintura y se lo arrojó a Oliver. Se veía, y se sentía, como un ronzal desteñido. Incluso con la visión aumentada por la leche de nube, Oliver no veía nada especial en el ronzal.

—¿Es mágico? —preguntó.

—No, es una cuerda —contestó Gregor.

El carnero rascó el suelo con su pata, mirando amenazador a Oliver con esos ojos azules brillantes. Él tenía una sensación extraña en el cuero cabelludo, y alzó una mano para tocarlo. Descubrió que tenía los pelos de punta.

El carnero embistió de nuevo. Oliver lo esquivó una vez más. Estaba casi seguro de que la única razón por la cual no lo había golpeado esa vez fue porque tuvo que desviarse a último momento para no acabar atropellando al Ama de la Lluvia, cosa que el animal no parecía dispuesto a hacer.

—¿Hay algún truco para esto? —preguntó, corriendo a la seguridad de los pies del Ama. El carnero dio unos pasos hacia un lado y luego hacia otro, más como un depredador que como una oveja macho.

El Ama alzó una ceja.

—No hay ningún truco. ¿Cómo sobreviviste al viaje hasta aquí?

—Más que nada, haciendo que los cordones de los zapatos de la gente se anudaran entre sí y pidiendo ayuda —¡ay, si tan sólo pudiera volverse invisible! Podría escabullirse hasta el carnero, saltarle en el lomo, y... y... bueno, tendría que ponerle el ronzal por la cabeza y luego cabalgar a la dichosa bestia, pero al menos iría más avanzado de lo que estaba ahora.

—¿Armadillo? —preguntó—. ¿Puedes hablar con él?

—Es lo que he estado haciendo —contestó—. Lo que más hace es soltar maldiciones. Tiene un vocabulario bastante impresionante para ser un carnero —Gregor profirió un ruido sospechosamente parecido a una risa. El Ama de la Lluvia rio, golpeando el suelo con su bastón.

—Cree que estás interesado en sus hembras —dijo el armadillo—. Y me parece que no está del todo equivocado.

—¡Su dueño me dio permiso!

—No creo que —dijo el armadillo, mientras Oliver se arrojaba a un lado para quitarse del camino en otra embestida—, que esté en ánimo de sostener una discusión compleja sobre autonomía personal y derechos de propiedad.

Oliver gimió. "Muy bien", pensó. "Está bien. Deja de reaccionar y piensa".

—Para acá, para allá —dijo muy bajito y trató de hacer tropezar al carnero con su pie mágico.

El animal se tropezó, tal como él esperaba, pero en lugar de caer, recuperó el equilibrio de nuevo con un par de patas que no estaba ahí unos segundos antes. Dio un brinco torpe y las patas traseras se convirtieron en las delanteras, y viceversa, y siguió adelante.

¡Diablos! ¿Cómo hace uno trastabillar a un animal que puede mover sus patas a voluntad por todo el cuerpo?

—Es difícil atrapar una nube —dijo Gregor, lacónico.

—Para acá, para allá —gruñó Oliver—. ¡Para acá, para allá! —sentía cómo empezaba un dolor de cabeza, aunque no sabía si era por la magia o por golpearse tanto contra el suelo.

El carnero dio otro salto torpe, con la mirada fija en Oliver. El mago intuía que una vez que el carnero lograra ponerlo en su línea de ataque, no iba a detenerse hasta dejarlo aplastado como a un pobre insecto. "Esto no lo detiene lo suficiente para ponerle el ronzal, eso es evidente…".

Desesperado, probó el hechizo para anudar los cordones.

Los largos mechones de las patas del carnero de inmediato se amarraron unos con otros. El animal se tambaleó y trató de generar otras dos patas nubosas para tenerse en pie.

"¡Ah, no, no me la vas a hacer!", Oliver ató ese par también, y luego el siguiente.

Al parecer, el carnero tenía un límite en cuanto a la cantidad de patas que podía llegar a tener. Con ocho, se asemejaba desagradablemente a una araña, pero no pudo generar otras dos. Trató de absorber otro par en su cuerpo y Oliver no hizo caso del dolor de cabeza que le latía en el cráneo, y ató ese par a otro y luego al siguiente, y entonces el carnero cayó al suelo, pateando enfurecido.

—¡Ahora! —gritó el Ama de la Lluvia.

—¡Ya lo tienes! —dijo Trebastion, animándolo.

Oliver se enderezó tambaleante, ronzal en mano, y corrió hacia el animal, que corcoveó y se retorció. Pero Oliver no se atrevía a dejar el hechizo de los nudos. Algunos mechones de lana empezaron a trenzarse entre sí. El carnero emitió un sonido que empezó como balido y terminó siendo un trueno.

Oliver sujetó uno de los cuernos del animal y se le escapó un alarido. La electricidad chasqueó y le quemó la mano, y lo soltó al instante. El trueno estalló sobre él.

El carnero sacudió la cabeza. "Tengo que ponerle el ronzal. No podré mantener este hechizo mucho tiempo más".

Una de las patas quedó libre del encantamiento y el carnero la absorbió para volverla a sacar, pateando a Oliver.

"¡Piensa! ¡Piensa! Fuiste más allá con Bill porque estabas asustado. ¿No estás suficientemente aterrado ahora?".

Pensó en Vezzo y en Matty y en su madre. Pensó en las verdes plantas secándose y amarilleando bajo el castigador cielo sin lluvia. "¿Y qué pasa si fracaso?".

No sentía miedo por sí mismo, pero podía sentirlo por ellos.

La desesperación le dio fuerza al hechizo. Trató de canalizar esa fuerza, concentrando la magia en lugar de arrojarla hacia todas partes indiscriminadamente. Necesitaba que el carnero echara la cabeza hacia atrás. Enredó la lana de nube en el pescuezo, tratando de hacer que el mismo enredijo tirara de la cabeza hacia atrás, un poquito más, un poquito... "la hierba marchita crujiendo al pisar, el camino seco como el polvo, los animales jadeando de sed en el calor, he estado fuera muchos días, ¿habrá empeorado la sequía? ¿Ya se habrá secado el pozo?".

"¡Eso es!".

El trueno retumbó en sus oídos, y Oliver logró pasar la cabeza del carnero por el ronzal y apretar la cuerda.

El animal pateó unas cuantas veces, molesto. El trueno se acalló. Los rayos dejaron de relampaguear entre los dos cuernos curvos, aunque seguían teniendo una apariencia eléctrica y punzante.

—¡Muy bien hecho! —dijo Gregor.

Oliver se meció a un lado y a otro sobre sus pies. ¿Le estaría sangrando la nariz?

"A borbotones", contestó el armadillo en su mente. Oliver suspiró y trató de contener la hemorragia presionando con su manga.

Lentamente fue soltando el hechizo de los nudos. El carnero consiguió ponerse en pie. Tironeó un poco del ronzal, con cara de disgusto y resignación.

—¿Tienen que hacer esto mismo cada vez? —preguntó Trebastion.

—Nooo —contestó Gregor—. Normalmente usamos al perro y un poco de forraje dulce.

Oliver rio amargamente.

—¡Y hasta ahora me lo vienen a decir!

—Te has ganado tu lluvia, joven mago —dijo el Ama—. Súbete a su lomo y vuelve a tu aldea.

—Ya no te dará más problemas —le explicó Gregor—, bueno, no demasiados —el Pastor de Nubes se aproximó y le tendió una mano a Oliver para ayudarlo a subir al lomo del carnero.

Si es que había huesos bajo la lana, Oliver no los sentía. Era como montar en una almohada. Una almohada hostil, definitivamente, pero almohada, al fin y al cabo. Apretó las rodillas y el carnero hizo un ruido entre trueno y gruñido en su garganta.

Gregor se agachó y alzó al armadillo, para ponerlo sobre las piernas de Oliver.

—¡No te olvides de esto! —gritó Trebastion, sosteniendo la mochila. Se acercó cojeando y se la entregó.

Oliver tragó saliva.

—Trebastion…

—No te preocupes por mí —contestó el juglar—. Estoy mejor de lo que estaba, por mucho. Tal vez luego vaya a visitarte en Loosestrife.

—Una vez que te hayamos engordado un poco —agregó el Ama—. En este momento, el viento podría arrastrarte lejos.

Trebastion le guiñó un ojo a Oliver.

"No tendrá problemas", dijo el armadillo. "Ahora, vamos a llevar a estos animales a casa".

—¿Y cómo...? —empezaba a preguntarle a Gregor, pero entonces el carnero dio un salto hacia el cielo.

Volar no resultó ser como Oliver lo esperaba. Siempre había creído que se sentiría mucho viento. Nunca se había parado a pensar que las nubes se mueven a la misma velocidad del viento, de manera que el aire a su alrededor parecía muy quieto.

El carnero corrió hacia arriba, al cielo, pero la ausencia de viento lo hacía ver casi plácido. La aldea de los Pastores de Nubes quedó debajo de ellos. La última vez que Oliver vio a Gregor, Trebastion y al Ama de la Lluvia no eran más que tres puntos pálidos y un resplandor de luz azul.

La Sierra de la Lluvia se extendía a ambos lados, un filo aserrado de montañas que peinaban las nubes. Las salientes y crestas rocosas estaban envueltas en hilos de neblina, mostrándose tan místicas y mágicas como Oliver se las hubiera llegado a imaginar, aunque los Pastores de Nubes resultaron ser muy diferentes. Sintió una punzada. Había un mundo entero en esa sierra montañosa, diferente a todo lo demás que hubiera visto antes. Quería regresar y explorarla, caminar por las cimas y saborear el ligero aire de las alturas.

El bosque de Harkhound era como un río de verdor allá abajo. El viento debía soplar muy fuerte al nivel del suelo, pensó, porque las copas de los árboles se movían de acá para allá. Casi esperaba ver algo de espuma, como de agua en movimiento, allá abajo.

Volteó a mirar hacia atrás y vio el rebaño que venía tras ellos, ovejas de nube agrupadas, siguiendo la carrera del carnero de nube.

—¿Sabe hacia dónde vamos? —preguntó Oliver.

—Estoy tratando de decírselo —respondió el armadillo—. Se la pasa preguntando cómo se ve desde arriba.

—Ah…

—Pues sí.

El bosque de Harkhound quedó atrás. Los campos polvorientos se veían de color café. Desde arriba, Oliver podía distinguir grandes círculos grisáceos, como cicatrices de viruela en la faz de la tierra. "Tierras malas".

No parecía algo provocado por el humo. Se preguntó si sería algo que podía remediarse, tal vez si se sembraban las plantas adecuadas y se pronunciaban los encantamientos necesarios. ¿Sería capaz de arrancar lo malo de esas tierras, así como había sacado los paquetitos de travesura de los gremlins de los mecanismos del molino?

—Eso será un trabajo para otro momento —dijo el armadillo—. O para otra estación del año.

Oliver asintió.

—Tal vez cuando sea un poco mayor —contestó.

El armadillo resopló.

Una delgada línea verde se dibujó en el horizonte. ¿Los huertos? Seguían estando verdes, a pesar de que fuera amarilleando y las hojas se empezaran a encrespar.

Y entonces lo vio… un hilo de humo de una chimenea.

—Ahí —dijo, con una palmada en la paletilla nubosa del carnero—. ¡Ahí! ¡Donde está el humo! ¡Ésa es mi casa!

El carnero agachó la cabeza, y se lanzó hacia abajo.

El viento los alcanzó. A Oliver el aire le peinó todo el cabello hacia atrás y tuvo que sujetar al armadillo para impedir que fuera arrancado de sus brazos. El carnero voló tan bajo que parecía que fuera a estrellarse con las ramas más altas de los árboles de los huertos. Oliver tiró del ronzal, pero sólo sirvió para ladear la cabeza del carnero, no para hacerlo subir de nuevo. Cerró los ojos, esperando el impacto con el suelo.

Que nunca llegó. Abrió los ojos y miró hacia atrás. Las hojas y el polvo que se habían levantado en el punto en que los cascos del carnero azotaron las ramas superiores fueron barridos en el viento que arreciaba.

Se encontraban sobre Loosestrife. Oliver vio la granja de Vezzo y el molino y la taberna, y más allá, la hilera de casas.

—¡Aquí! —dijo de nuevo—. ¡Justo aquí!

El carnero se posó en la plaza central, con la levedad de una hoja al viento. Oliver se bajó de su lomo. El viaje había tomado menos de diez minutos, y a pesar de eso sentía las piernas como si fueran de gelatina.

—Por favor —pidió—. Aquí es donde necesitamos la lluvia, por favor.

El carnero resopló y sacudió la cabeza. Los truenos retumbaron a su alrededor, como si hubiera un gigante tocando el tambor.

Y luego vino un sonido mucho más suave, tan suave y quedo y tan bienvenido que resonó en los oídos de Oliver como si fuera más fuerte. El sonido de una gota de lluvia cayendo en el polvo.

El olor a lluvia llenó el aire. Otra gota cayó en el suelo, y otra. Oliver miró hacia arriba, y vio a las ovejas de nube correteando en el cielo, desprendiéndose de su lana, que se desvanecía en gotas de lluvia.

—¿Oliver? —dijo una voz detrás de él—. Oliver, ¿acabas de llegar volando? ¿Montado en un carnero?

Se volteó y vio a Vezzo. El granjero lo miró con fijeza, y luego miró más allá, al carnero de nube.

—Hola, Vezzo —contestó él—. Traje la lluvia.

El granjero abrió la boca y la volvió a cerrar, pues la lluvia empezaba a caer en sus hombros. Una gota resbaló por su rostro, como si fuera una lágrima.

—La trajiste —dijo—. Está lloviendo —dio tres pasos al frente y abrazó a Oliver—. Lo lograste.

Empezó a llover cada vez con más fuerza. A Oliver le alegró, porque eso quería decir que Vezzo no se daría cuenta de que él estaba llorando.

—Sí —contestó—. Lo logré.

En algún momento, se le soltó la cuerda del ronzal. Volteó y se encontró con los ojos azules centelleantes del animal.

—Gracias —le dijo. El carnero resopló con cierto desprecio y saltó hacia el cielo. La lluvia aumentó su ferocidad y el viento sopló alrededor de ambos—. Creo que se viene una tormenta —le dijo a Vezzo.

—¿Qué dices? ¡No te oigo!

—¡Una tormenta! —gritó, y en ese momento un rayó cruzó el cielo por encima de los dos. La lluvia caía con fuerza, un aguacero contundente que lo empapaba todo, de los que sirven para llenar acuíferos y cisternas y canales de riego.

Vezzo le dio una palmada en medio de la espalda.

—¡Tu mamá ya está de regreso! —le gritó y señaló con un gesto la casita de Oliver. Dijo algo más después, pero lo único que él entendió fue algo como "por ti", y eso le bastó.

Oliver tomó al armadillo en sus brazos y empezó a correr.

Estaba empapado hasta los huesos cuando llegó a la puerta principal. Las pocas flores que habían sobrevivido a la sequía cabeceaban bajo el diluvio. El agua gorgoteaba al salir de las canaletas a los barriles de lluvia y lavaba los guijarros.

Oliver abrió la puerta de golpe.

Su madre estaba sentada a la mesa de la cocina con una piedra de afilar, trabajando en su espada. Tenía una expresión seria y grave en la cara, el rostro de una mujer que está por lanzarse en una misión de rescate, a pesar de que pudiera costarle la vida. La armadura estaba cuidadosamente dispuesta en la mesa, lista para ponérsela en cualquier momento.

Cuando la puerta se abrió, ella alzó la vista.

—Hola, mamá —dijo, con el armadillo en brazos—. Lo logré. Ya estoy de regreso.

❧ AGRADECIMIENTOS ❧

Comencé a escribir *Mago menor* (también conocido como "ese libro del armadillo") a finales de 2006, en un momento de desgracias personales y, tal vez no por simple casualidad, gran creatividad. Empecé unos seis libros que iría terminando con el paso de los años. *Mago menor* es el último de esa camada, creo, aunque no me atrevería a afirmarlo con certeza total.

De vez en cuando, fui añadiéndole más y más texto a lo largo de los años, y hasta podía olvidarme de que lo había hecho, de manera que cuando abría el archivo, descubría miles de palabras que reconocía, pero que no recordaba haber escrito. Eso me sucede a menudo y, al menos en mi caso, no creo que sea síntoma de ninguna disfunción mental. Y si lo es, al menos mi Otra Yo está encargándose de producir textos.

En ese entonces creía, y lo sigo creyendo, que *Mago menor* es un libro para niños. Diversos editores han tratado de sacarme esa idea de la cabeza, pero todos ellos eran adultos y, por lo tanto, su opinión no es del todo confiable (por supuesto, la mía tampoco). Con el tiempo me di cuenta de que la objeción de todos ellos era la idea de que un muchachito de doce años tuviera que emprender un viaje por su cuenta, empujado por una turba enfurecida, que extrañara a su madre y corriera un gran peligro. Es el tipo de cosas que estresan a los adultos, y en especial los que han sido padres recientemente. Los niños no tienen ningún problema con nada de eso, claro, pero sucede que los niños, por lo general, no son editores. La decisión final de cómo clasificar este libro queda en manos de los lectores. Mi papel se reduce a escribir sobre armadillos sarcásticos.

Hay todo un género de canciones folklóricas llamadas baladas, que narran la historia de un músico que toca el arpa y fabrica uno de estos instrumentos o un violín a partir de los huesos de una mujer asesinada, y luego el instrumento resuena y acusa al asesino. Por el tipo de persona que soy, empecé a pensar en cómo podría funcionar eso. No es lo que planea hacer la mayor parte de la gente. Es imposible encordar un arpa con largos cabellos dorados, no importa lo que digan las baladas, y un esternón no tiene la forma adecuada para hacer ningún instrumento. Obviamente, había que involucrar algo de magia, y eso me puso a pensar que debía ser muy desagradable resultar víctima de semejante magia. Ya es bastante malo descubrir un cadáver como para además terminar hurgando en él para poder construir un arpa imposible... (¿Sí mencioné que sigo creyendo que es un libro para niños?).

Los ghules, por su lado, surgieron de una maravillosa descripción de los ghules que aparece en *The Encyclopedia of Legendary Creatures* (*Enciclopedia de las Criaturas Legendarias*), un libro para niños ilustrado por el fabuloso Victor Ambrus, que me produjo unas pesadillas gloriosas cuando era niña. Mamá se la pasaba insistiendo en que me lo iba a quitar porque me producía mucho miedo, pero yo lo adoraba con verdadera pasión. Décadas después, encontró un ejemplar de segunda mano y me lo envió por correo. Es un regalo que atesoro con mucho cuidado. El texto no es tan sobrecogedor como lo recordaba, pero las ilustraciones son maravillosas.

Así que, al final, terminé la historia de Oliver, y tú la habrás terminado de leer, o te habrás saltado las páginas hasta el final para asegurarte de que nadie murió, en cuyo caso te pasaste un poco, pero te prometo que todos salen bien librados. Menos los ghules y Stern, pero seguramente no te preocupaban mucho ésos.

Terminar este libro me llevó trece años, como habrás leído, y también los comentarios de muchas personas. Quiero expresarle mi gratitud a mi querida editora KB Spangler, que me repitió insistentemente y en mayúsculas que éste no era un libro para niños, de ninguna manera, pero en todo caso lo editó; a mi amiga Andrea, la pastora, que me aplaudió y me animó, y que además revisó las partes donde figuran ovejas, para asegurarse de que yo no estuviera diciendo nada muy alejado del pastoreo convencional (fuera del hecho de que fueran ovejas de nube); a mi agente, Helen, que no perdió la fe en este libro a lo largo de los años, a pesar de su desconcierto ocasional; a mis fieles revisoras, Sigrid, Jes A y Cassie; y a mis amigos de Argyll Publications, que hicieron la preciosa versión impresa.

Espero que hayas disfrutado el libro, y ojalá tu aldea tenga siempre suficiente lluvia.

T. Kingfisher

2019

Esta obra se imprimió y encuadernó
en el mes de marzo de 2024, en los talleres
de Impregráfica Digital, S.A. de C.V.
Av. Coyoacán 100-D, Col. Del Valle Norte,
C.P. 03103, Benito Juárez, Ciudad de México.